拝み屋怪談　逆さ稲荷

郷内心瞳

角川ホラー文庫
19237

初めから、始まりまで

郷里の宮城で、拝み屋という仕事を営んでいる。

何やら怪しい響きの肩書きだが、要は書いて字のごとく〝拝む〟のが私の仕事である。交通安全に受験合格祈願、胞衣《えな》切りと呼ばれる安産祈願に、病気祓《ばら》い。歳末の大祓《おおはら》いや年明けの春祈禱《きとう》。それから時として、悪霊祓いや憑《つ》き物落としなど。依頼主に乞《こ》われた用件で、自分にできることは大体引き受ける。

住まいは地元の山の麓《ふもと》に位置する、古びた小さな一軒家。先の住人が引き払ったのち、実に十数年あまりも放置されてきた家なのだという。

二〇一一年の九月。結婚を機に私はこの古家を借り受け、妻とふたりで暮らしている。

家は、山へと延びる細長い上り坂をまっすぐ上った先にある。山の入口のほんの手前、里の賑《にぎ》わいが潮の引くごとく遠のいた、それはうら寂しい立地である。

家の周囲は緑したたる鬱蒼《うっそう》とした杉林にぐるりと囲まれ、隣家との距離もひどく遠い。道理として日が暮れ落ちれば、辺りは水を打ったようにしんと静まり返る。

隣家もはるか遠くにあるから、人の声も車の音も、ほとんど聞こえてくることはない。戸外から時折聞こえてくるのは、せいぜい狐や狸といった獣の声くらいのものである。

こんな環境で私は、もうかれこれ四年近くも拝み屋の看板を掲げて暮らしている。

ただ、拝み屋という生業《なりわい》自体は、結婚後に始めたものではない。拝み屋を始めたのは結婚からさかのぼること、さらに九年前。二十代前半の時のことである。

だから合算すると、私は今年でもう十三年間も拝み屋を営んでいるということになる。

その間、いろいろと紆余《うよ》曲折はあったにせよ、少なくとも一時代はどうにかこの仕事で糊口《ここう》をしのいできたというわけだ。

同時に私は今年で三十六歳になる。人生の中間というにはまだまだ手前寄り過ぎるし、若いのかと問われれば、もう決してそんな戯言《ざれごと》を口にできない年齢になってもいる。

この歳に至るまで、親しい知人や相談客たちには、私の生い立ちを含め、いかにして私が拝み屋などという奇特な生業を営むようになったのか、折に触れて話をしてきた。

だが、それはあくまでも断片的なものに過ぎない。

多くの縮約と割愛を加えて語られた、言わばダイジェストのようなものである。

要するに拝み屋を始めて十年以上が過ぎた現在もなお、私は自分自身が拝み屋として生きる道を選んだ経緯を、一度たりとも通しで全て語りきったことがないのだ。

その作業を本書というまたとない機会をお借りして、語り尽くしてみようと思う。

本書は、幼少期における私自身が生まれて初めて体験した怪しい事象の採録に始まり、同じく、拝み屋を始めるに至った二十三歳の初夏までに体験した恐るべき怪異の数々を年代順にできうる限り、克明に再現していくという構成である。

このように先触れしてしまうと、何やらいかにも仰々しく、あるいは鼻持ちならない自慢語りのように思われる方もいらっしゃるかもしれない。

ただ、この点についてはこの場ではっきり「心配ご無用」と宣言させていただく。

本書の基本的なスタンスは、あくまでも怪談実話である。

分けても客観性と親しみやすさを重視し、読み手が少しでも視えざる世界に浸りこみ、存分に怖がっていただけることを熟考して構成した。

また、自分語りのみでは緩急のバランスが悪く、辟易《へきえき》させてしまう場面も多々あると厳に考慮し、私以外の第三者から聞き得た奇怪な体験談も数多く織りこんである。

その大半が、私が生まれた昭和五十年代から平成の零年代までが舞台の古い話である。

年代的にクラシックとまではいかずとも、近年の怪談話とはまた少し手触りを異にする、そんな懐かしくも不気味な話を特に多く採用してみた。

失われた前世代の時代観や空気とともに、存分にお愉《たの》しみいただければ幸いである。

——それでは最後まで、ごゆるりとご堪能《たんのう》いただきたい。

もくじ

こころ

私が有するもっとも古い記憶は、こんな情景である。

自分の足で歩くことができて、片言で話すこともできたから、おそらくは三歳か四歳。

窓から射しこむ陽光がぬくぬくと心地よかったので、季節は春か初夏だったのだと思う。

昼間、幼い私は、自宅の西側に面した一室に寝そべっていた。

隣には曾祖母《そうそぼ》が横たわり、ふたりで一枚の毛布をかぶって、畳の上に並んでいる。

昼寝の時間である。けれども私は、生まれながらに昼寝のできない体質だった。

昼日中に目を閉じると、陽の光がまぶたを透かし、視界が朱色に染まって寝つけない。

夜であっても、わずかな明かりがあるだけで眠れないほど、私は神経質な性分だった。

そんな子供が、すんなり昼寝などできるはずもない。

毛布の中で何度も寝返りを打っては、眠れぬ焦りと苛立《いらだ》ちに私は煩悶《はんもん》していた。

そのうち私はとうとう痺《しび》れを切らし、「眠れないよ」と曾祖母へ訴える。

すると曾祖母は、「じゃあ、心の中で好きなものを思い浮かべてみろ」と応《こた》えた。

「こころ？」と、私は首をかしげる。

幼い私にはまだ〝心〟という言葉はおろか、その概念すらも理解できていなかった。

私の質問に曾祖母は答えず、代わりにこんなことを切りだした。

「何が見たい？　見たいもんのこと考えてみろ。そうすりゃそれが、目の前に現れる」

言いながら曾祖母は、私の額をしわだらけの冷たい指でそろりとなでた。

「さあ、やってみろ。夢中になって考えてると、そのうちだんだん眠くなる」

わけが分からなかったが、言われるままにさっそく実践してみる。

好きなアニメや怪獣のことを考えてみた。すると曾祖母の言うとおり、まぶたの裏にアニメのキャラクターや怪獣たちの姿が、鮮やかな像を結んで見えてきた。

「ほんとだ！　すごい！」

目をつむったまま、私は驚嘆の叫びをあげる。

「そうだろ。それが心だ。今、見えるようにしてやった。もっといっぱい考えてみろ」

曾祖母にうながされるまま、私は次々と好きなものを〝こころ〟の中に思い浮かべる。思うがままにそれらは現れ、容姿はさらに彩度を増していった。

明るい陽の光を浴びて朱色に染まったまぶたの裏に、私の大好きなテレビのヒーロー、怪獣、キャラクターたちがありありと浮かびあがっては躍動する。

彼らの姿を夢中になって見続けていると、そのうち彼らの発する声や動く音までもが、はっきり耳に聞こえてくるようにもなった。

まるでテレビの世界に迷いこんだかのようだった。あるいは目をつむりながらにして、なんでも好きなものを見られる魔法を得たかのようだった。

〝こころ〟の生みだす空想に没頭するうち、いつしか私は夢路をたどっていた。

曾祖母に教わった〝こころ〟にのめりこむうち、気づかぬ間に眠っていたのだ。


再び目が覚めたのは、窓の外から真っ赤な西日が射しこむ夕暮れ時だった。

けだるい身体を起こしながら傍らを見やると、曾祖母の姿はもうなかった。

尿意を覚えた私は、眠たい目をこすりながら部屋を出て、トイレへ向かう。

薄暗い廊下を渡って家のいちばん奥にあるトイレの戸を開けると、北向きの窓が一面、鮮やかな朱色に染まっていた。

先刻、真昼の陽光に透かされた私のまぶたと同じ色である。

さっきはすごく楽しかったな。あんな面白いことが簡単にできるなんて――。

小便器の前に突っ立ち、朱《あか》い窓を眺めながら〝こころ〟の世界に茫漠《ぼうばく》と想いを馳《は》せる。


その瞬間、朱色の窓いっぱいに、巨大な女の顔がぬっと浮かびあがった。

「うわっ！」と悲鳴をあげながら、私はすかさず窓から後ずさる。

女の顔はトイレの窓を完全に埋め尽くすほど、それは巨大なものだった。

金色に輝く大きな両目に、剝《む》きだしになった黄色い乱杭歯《らんぐいば》。狼のように鋭く尖《とが》った耳。

女はまるで怪獣のような顔をしていた。

こんなものはテレビか〟こころ〟の中にしか存在しない、空想の産物である。

だが今、私はまぶたをしっかりと開けている。空想もしていない。

けれども女は爛々《らんらん》と輝く瞳《ひとみ》で私を見据え、でこぼこの歯を剝きだしにして笑っている。

恐ろしさのあまりトイレから飛びだすと、薄暗い廊下の先に曾祖母が立っていた。

「どうした？」と問いかける曾祖母へと駆け寄り、私は大泣きしながら事情を説明する。

すると曾祖母は顔色ひとつ変えることなく、

「目をつむらなくても見えりゃあ、それは大したもんだわな」と言った。

「――なんとも勘の鋭い子だ」

まるで吐き捨てるようにそうつぶやくと、曾祖母は乾いた声音でがらがらと笑った。

曾祖母がなぜ笑っているのかも、曾祖母が吐いた言葉の意味も、幼い私には何ひとつ理解できなかった。

代わりに私の胸中に湧いたのは、なんとも言い得ぬ焦燥感と心細さだった。

意味の解せない曾祖母の笑い声を聞きながら再び背後を見やると、トイレの窓からはもう、女の顔は消え失《う》せていた。

曾祖母に伝授された〟こころ〟の使いかた。西日の朱色に縁どられた巨大な女の顔。

私が有するもっとも古い記憶は、こんな異様で悪夢のような情景なのである。

発掘

結婚後、山裾《やますそ》の古家に居を移し、二年目を迎えた夏のことである。

八月の蒸し暑い昼下がり。私は妻を伴い、実家へと赴いた。

用向きは、実家に残した私物の処分と回収。

引越しの際、自室に大量の私物を置き去りにしたままだったのである。

実家は車で二分ほどの距離にある。私の居宅前に延びる細狭い坂道をとろとろと下り、沢沿いの生活道路を道なりに進んでいくと、まもなくかつての我が家が見えてくる。

実家は築五十年ほどの古屋敷である。家名を柊木《ひいらぎ》といい、私の父で四代目となる。

東日本大震災で甚大な被害はこうむったものの、大規模な改修工事を経て、どうにか未《いま》だに原形を保ち続けている。

結婚するまで私が寝起きしていた部屋は、家の北西側に面した八畳敷きの和室だった。

その昔、曾祖母から〝こころ〟について教えられた、まさにあの部屋である。

母に出迎えられて玄関をくぐり、さっそく自室へと向かう。

部屋は家人に手をつけられた形跡もなく、ほぼ当時のままの状態で保持されていた。

壁際に積みあげられた段ボール箱。古本の束と古着の山。その他諸々《もろもろ》の有象無象。

その大半が不要品である。不要とみなしたからこそ、引越しの際に捨て置いたのだ。
だが中には、少数ながら必要な物も紛れていた。そのため仕分け作業が必要だった。
持参したゴミ袋を広げ、妻とふたりで不用品と必要品をひとつひとつ選別していく。
エアコンが取りはずされ、窓も閉ざされていた私室は、想像以上の熱気を孕《はら》んでいた。
窓を開けても風ひとつ吹きこまず、淀《よど》んだ熱気に汗を垂らしながら作業を続ける。
しばらく黙々と作業を続けていると、古びた段ボール箱の中から八つ切りの画用紙を
ステープラーで綴《と》じた一冊の画帳が出てきた。
黄緑色の色画用紙を表紙に用いた画帳の表には、極太の黒い油性マジックで書かれた
〝おもいで〟のタイトル。その下には○○組というクラス名と私の名前が、拙《つたな》い文字で
書き記されている。
どうやら幼稚園の頃に描いた絵を一冊にまとめて綴じたものらしい。
ちょうど、不毛な仕分け作業にも飽き始めてきた頃だった。
懐かしさも手伝い、少しの間、整理の手を休めて画帳を眺めることにする。
中を開くと運動会や学芸会、季節ごとの行事など、幼稚園時代の思い出をクレヨンや
水彩絵の具で天真爛漫《らんまん》に描いた、幼い頃の私の絵が何枚も収められていた。
紙面をめくるたび、遠い日の思い出がじんわりと胸に蘇《よみがえ》ってくる。
ところが順ぐりに絵を眺めていた私の手が、一枚の絵を開くなり、ぴたりと止まった。
もう三十年近くも忘れていた忌まわしい記憶が、突として思いだされたからである。

おそらく私が、五歳の夏の出来事である。

その日、幼稚園の行事で地元の屋内プールを使った水泳教室がおこなわれた。屋内プールは水深の浅い小ぶりな子供用プールと、競泳用の二十五メートルプールが縦一列に並ぶ、ごくありふれた造りの施設である。

幼稚園児である私たちは当然、子供用のプールに入った。引率の先生から簡単な水泳指導と注意事項の説明を受ければ、あとは自由時間である。歓声をあげながら水しぶきを掻《か》きあげ、幼い私たちは浮かれ気分で水遊びを楽しんだ。

それからしばらく経ったのち。

慣れない水遊びを続けているうち、私は早々と息が切れてしまった。水からあがり、どこか休める場所はないかと辺りを見渡す。すると、子供用プールと隣接した競泳用プールの縁にずらりと並ぶ、白い箱型のスタート台が目についた。

あそこならば、具合よく腰かけられそうだ。

判じた私は、ぺたぺたと濡《ぬ》れた素足でプールサイドを突っ切り、等間隔に五つ並んだスタート台のまんなかに腰をおろした。ちょうど、競泳用プールの水面に背中を向ける恰好《かっこう》である。

私の見立てどおり、スタート台は子供が腰かけ代わりに使うには、手頃な塩梅《あんばい》だった。場所も申し分なく、ここからだと向かい側の子供用プールが端から端まで一望できる。

座り心地と眺望のよさに満足しながら、水遊びに興じる仲間たちを眺め回す。

もう少し休んで身体が落ち着いたら、またみんなと一緒に思いっきり遊ぼう。

そんなことを考えながら呆《ほう》けていると、突然、腹の周りに冷たい感触が走った。

とたんに身体がうしろへ向かって、ぐいっと強く引っぱられる。

次の瞬間、私は競泳用プールの水中に頭から真っ逆さまに叩《たた》き落とされた。

ばしゃん！　と水しぶきがはじける音とともに、のっぺりとした水中の重力と冷たさ、息苦しさがいっぺんに身体を駆け巡る。

自分の身に何が起きたのかも理解できず、冷たい水の中でじたばたともがいていると、腹の周りに何かがぐるりと巻きついているのが目に入った。

くすんだ緑色をした、人間の腕だった。


驚いて背後を見やると、ぶよぶよにふやけた女の顔が目の前にあった。

腕と同じく、青黴《あおかび》のごとく不快な緑に染まった顔。目は光をなくし、灰色に変色して眼窩《がんか》から飛びださんばかりにせりだしている。

ばかりと開いた大口からは、ぱんぱんに膨れあがった舌が顎《あご》の下まででろりと垂れて、ぶらぶらと左右に揺らめいていた。

そんな顔をした女が、私の目を見て笑っていた。

女の髪は、お湯に浸した布海苔《ふのり》よろしく、水中でどろどろと溶けるように蠢《うごめ》いていた。

その黒い塊が、ふやけた顔面をライオンのたてがみのように取り囲んでいる。

冷たい水中に私のくぐもった悲鳴が鈍く轟《とどろ》くと、吐きだした悲鳴が無数の泡となって視界一面を白々とさえぎった。

息ができず、動くこともできず、声すらまともにあげることができない。

子供ながらにああ死ぬんだ、と思ったその時だった。

私の身体が横からさらわれるように抱えこまれ、水中を勢いよく横殴りに滑った。

続いてざばりと水しぶきがあがり、私の頭が水面に飛びだす。

異変に気づいた引率の先生がプールに飛びこみ、私の身体を救いあげたのだった。

ぶはっ！と盛大な吐息と一緒に、喉奥《のどおく》から大量の水がごぼりと音をたてて逆流した。

鼻先にはつんとした痛みが走り、身体が勝手にがたがたと震え始める。

プールサイドへ引きあげられると、騒ぎに気づいた他の先生方や仲間たちが私を囲み、地べたにへたりこんだ私を心配そうな顔で見おろしていた。

みんな口々に「大丈夫か？」と私に声をかけるが、ショックのあまり言葉も出ない。

私は「大丈夫」と応《こた》える代わりに、大声を張りあげてわんわん泣いた。

「気をつけなくちゃダメでしょう？」

傍らに膝《ひざ》をついた先生が、優しい声で私を諭す。

思わずうなずいてしまったものの、よくよく考えてみれば悪いのは私ではなかった。

あの女が悪いのである。単なる自分の不注意と思われてはたまらないとあわてた私は、すぐさま先生に「怖い女の人に落とされました」と訴えた。

ところが、私の訴えはまるで取り合ってもらえなかった。

それればかりか、小賢《こざか》しい嘘をついていると思われてしまったのだろう。

それまで私の背中を優しくさすり続けていた先生の手が、ふいに止まったかと思うと一転、「言いわけをしちゃ駄目でしょう!」と、きつく叱られてしまった。

その後は先生とふたり、プールサイドに座って休んだ。もはや叱られはしなかったが、自分が嘘をついたと先生に思われたことが、とても悲しくて気持ちが沈んだ。

ほとんど茫然《ぼうぜん》自失のまま、プールではしゃぐ仲間たちを再びぼんやりと眺める。

するとそのうち、水遊びを楽しむみんなの姿に混じって、プールの中を緑色の物体がゆらゆらとたゆたっているのが目に入った。

じっと目を凝らして見てみると、先ほど私を水中に引きずりこんだあのふやけた女が、今度は子供用プールの中を泳いでいた。

女は時折、水面にざぶりと顔を出しては薄ら笑いを浮かべ、無邪気に遊ぶ子供たちを無言で眺め回し、また水中に没してはゆらゆらと、音もたてずに泳ぎ回っている。

「十分休んだし、そろそろもう一回プールに入ってみようか？」

先生に勧められたが、とてもそんな気持ちになどなれなかった。

結局、私はその日、水泳教室が終わるまでプールサイドで震えながら過ごした。

自室の窓のすぐそば。

庭木に留まったセミたちが、かまびすしい鳴き声を盛んにまきあげ始めた。

茹《う》だるような熱気に包まれた八月のひどく暑い部屋の中。首筋から流れ伝う私の汗は、いつしか冷や汗に変わっていた。

手元に開かれた一枚の絵を再度凝視する。

水泳教室の様子を描いた、当時の私の絵。

それは、こんな絵である。

水着姿の子供たちが元気に泳ぐプールの様子を、真上から描いた構図。

その中にひとりだけ、緑色の顔をした不気味な女が、水面に首だけ出して笑っている。

描き間違えでも、空想でも、悪ふざけでもない。

これは当時の、詳細な記録である。

とうに忘れていたはずの記憶が脳裏にまざまざと蘇り、なんとも言えぬ気持ちのまま、私は無言で荷物の仕分けを再開した。

あの日も確か、こんな暑い日だったと思う。

ノブコちゃん

一九七九年一月。私は、内反足という右足首の形態異常をもってこの世に生を受けた。出生時の状態をざっくばらんに説明すると、右側の足首が九十度、脚の内側に向かってL字形に折れ曲がっていたのである。

状態が状態なだけに、まだ生後まもない頃、私は大がかりな矯正手術を受けた。両親曰《いわ》く、幸いにもその後の経過はまずまず順調だったという。だが、足首の形状と発育をより磐石《ばんじゃく》なものにするためには、成長期にもう一度手術を受ける必要があった。

五歳の冬。私は再手術を受けるため、県内のとある総合病院に入院した。手術は無事に成功したものの、右足には分厚いギプスが巻かれ、今後の経過の観察やリハビリを受ける関係で、数ヶ月間の入院生活を余儀なくされた。

この短いようで長い入院生活の中でも、私は何度か異様な体験をしている。

当時、私が入院していた病室に貞雄《さだお》君という名の男の子が出入りしていた。貞雄君は小学校中学年ぐらい。同じ病室に入院していた妹の奈津美《なつみ》ちゃんを見舞いに、母親とふたりでほぼ毎日のように病室を訪れていた。

貞雄君は当時、子供たちの間で大流行していた漫画『キン肉マン』の大ファンだった。私も同じく『キン肉マン』の大ファンだったことから、知り合っていくらのまも置かず、私たちは兄弟のように仲よくなった。

打ち解けたのちは、貞雄君と一緒に漫画本を読んだり、俗に〝キン消し〟と呼ばれる作中の登場キャラを立体化した塩ビ人形で遊ぶのが、私の日課となった。

加えて貞雄君は『キン肉マン』の他にも、幽霊や妖怪《ようかい》が大好きな子でもあった。

貞雄君は当時、子供向けに出回っていた文庫サイズの幽霊、妖怪、ホラー映画などの分厚い大百科を何冊も所持していた。面倒見のよい彼は、まだまだ満足に字の読めない私に怖い話を読み聞かせてくれたり、妖怪の名前や特徴を熱心に教えてくれた。

貞雄君の影響で、私はたちまちお化けの世界の虜《とりこ》になった。

タクシーに乗る女幽霊の話や、古寺の塀からぬっと顔を出す妖怪の話を聞いていると、怖いながらも胸が躍り、不自由な右足の窮屈さをつかのま忘れ去ることができた。

貞雄君とふたり、身震いしながら本を開く毎日は、とても刺激的で楽しいものだった。

お化けの世界は、入院中の私に素晴らしい興奮と安らぎを与えてくれる福音となった。

そうなると、私自身も同じような本が欲しくなるのが、人情というものである。

ある日、見舞いに来た母方の祖父に「何か欲しいものはないか？」と尋ねられたので、私は「お化けの本がいい！」と即答した。ところが後日、祖父が買ってきてくれたのは、愛らしい一つ目小僧や化け猫のイラストが表紙を飾る幼児向けの無害な絵本だった。

憤慨した私はさらに後日、母にねだって貞雄君が愛読しているのと同じ幽霊大百科と妖怪大百科を買ってきてもらったのを、今でも強く覚えている。

手術から数週間もすると、私は松葉杖《まつばづえ》を突いて歩けるようになった。小さな身体に大きな手術を受けたとはいえ、好奇心だけは普通の子供と変わらない。一度歩けるようになれば、日がな一日ベッドの上で寝ていることなどできなくなった。その後は貞雄君が病室に来ると付き添いをしてもらい、病院内の探検に出かけるのが私の新たな日課となった。

私が入院していた総合病院は、子供の視点で感じた印象も少なからずあるのだろうが、全体的に複雑な構造をした、まるで迷路のような造りの建物だった。

入院病棟は、本館に当たる外来棟の待合ホールと渡り廊下によって結ばれている他、談話室や売店がある別棟や職員宿舎なども、それぞれ別の渡り廊下でつながれている。

入院病棟は四階建てで、私の病室がある小児科は建物の一階にあった。

各階の間取りはすべて異なり、上下階を結ぶ階段もやたらと多い。一階と同じ気分で上階を歩き回っていると、階下へおりた際に外来棟の末端や職員用の連絡通路、果ては地下の霊安室など、とんでもないところへ出てしまうことがままあった。

こんな建物だから子供の探検遊びにはうってつけだった。キン消し遊びや妖怪談義に飽きると、私たちはふたりで病室を抜けだし、気の向くままに病院内を歩き回った。

そんな毎日が続いた、ある日の夕方のこと。

夕飯も食べ終わり、人心地ついたあと、私と貞雄君はいつものごとく病室を抜けだし、院内の探検へと出かけた。

夕方といっても真冬のことなので、夕飯が終わる頃には、外はもう真っ暗だった。

松葉杖を突きながら貞雄君と並んで歩き、今日はどこへ行こうか？ と相談し合う。

この頃には病棟内のほとんど全ての場所へ行き尽くしてしまい、以前のようにはらはらしたりするスリルもなくなっていた。

「この辺を探検するのも、ちょっと飽きてきたね」

と私が言うと、貞雄君は少しの間、難しそうな顔で思案したあと、

「じゃあ、外来棟のほうに行ってみよう」と提案した。

この時間、外来はすでに受付を終了している。

人気《ひとけ》の絶えた待合ホールは照明が落とされ、ほとんど真っ暗になっているはずだった。

以前にも貞雄君と何度か覗《のぞ》きに行ってみたことはあるのだが、日中の喧騒《けんそう》が消え去り、しんと静まり返ったホールの雰囲気は、想像していた以上に恐ろしいものがあった。

結局、外来棟へつながる渡り廊下の手前で私たちは怖《お》じ気《け》づき、すごすごと踵《きびす》を返す羽目になっていた。

しかし、この日の貞雄君は違った。

幼い私が竦《すく》みあがる一方、年長の彼自身はもうすっかり腹積もりができているようで、「今日は絶対に待合ホールを探検する」と言って譲らない。

貞雄君の提案に根負けした私は、不本意ながらもリノリウムの冷たい床上に松葉杖の乾いた音を鳴り響かせ、入院病棟と外来棟を連結する渡り廊下へと向かった。

薄暗い渡り廊下を奥まで進み、待合ホールへ通じるガラス扉の前に立つ。

やはりいざとなると恐ろしいのか、貞雄君は少しの間、扉の前で棒立ちになっていた。だが、やがて意を決したように扉を開くと、ずかずかと中へ入っていってしまった。

貞雄君のあとに続き、私も待合ホールの中へと足を踏みだす。

受付が終わり、電気の消えた待合ホールは案の定、ほぼ真っ暗闇の状態だった。わずかな光源といえばホールの壁際に設置された自動販売機の照明と、廊下の上部に掛けられた、非常口を示す緑色の誘導灯ぐらいのものである。

その明かりも黒々と染まった待合ホールの方々に不気味な輪郭を与えているに過ぎず、かえって凄《すご》みを助長しているように感じられた。

ホールの中央に整然と並べられた革張りのソファーや、無人と化した受付カウンター。それらを横目に見ながら、暗闇と静寂の支配する只中を慎重な足どりで進んでいく。

趣旨は一応、探検だったが、明確な目的やゴール地点などは特に決めていなかった。私たちはしばらくの間、恐々としながら漆黒の待合ホールをさまよい歩いた。

「なんだ。案外怖くないな」

本当は怖いくせに、私の顔を見おろしながら、貞雄君がうそぶいてみせる。

それを受けて、私も強気な笑顔を作りながら「うん。あんがい怖くないね」と返した。

と、私の顔を見おろしていた貞雄君の視線が、私の肩越しの背後にさっと移った。

とたんに貞雄君の顔から笑みが失《う》せ、両目が飛びだしそうなほど、大きく見開かれる。

どうしたの？　と私が尋ねる前に、貞雄君がやにわに大声で叫んだ。

「ノブコちゃんだっ！」

叫び終えるが早いか、貞雄君は半ば前のめりになりながら、もつれる足でわたわたと身をひるがえし、入院病棟へ戻るガラス扉へ向かって駆けだした。

突然の事態にまったく状況が呑《の》みこめなかったが、私もあわてて貞雄君のあとに続く。

「逃げろっ！　逃げろっ！　ノブコちゃんが来るっ！」

もう私のだいぶ前を疾走しながら、貞雄君が絶叫する。

ねえ、ノブコちゃんって誰？

私が再び尋ねようとした瞬間。

てててててててててて！

私の背後で冷たい床を小刻みに蹴《け》りつける、乾いた足音が木霊《こだま》した。

ぱっと背後を振り返ると、待合ホールの奥に開いた通路の闇に、小さな人影が見えた。

それは前髪をまっすぐに切り揃えた、おかっぱ頭の小さな女の子だった。

歳は私と同じくらい。背丈は私よりも少しだけ小さい。

くすんだ朱色の着物を着ていたように思う。

おかっぱ頭と相俟《あいま》って、まるで薄気味の悪い日本人形のような風体だった。

白くてのっぺりとした顔だち。目は切り傷のように細長く、鼻は小さくて丸い。

対して口だけは異様に大きく、真一文字に固く結んだ唇が、両の頬を切り裂くように耳の付け根辺りまで長々と広がっていた。


てててててててててててててててててて！


〝ノブコちゃん〟は唇同様、両腕を真一文字にぴーんと伸ばし、小刻みな足音を響かせ、私たちへ向かって矢のような勢いで突進してくる。

ノブコちゃんの駆ける足はあまりの速さに輪郭がぼやけ、羽ばたく昆虫の翅《はね》のように細かく霞《かす》んで見えた。その足が凄《すさ》まじい勢いで床を蹴りつけ、てててて！　という小刻みに乾いた音を、静まり返った待合ホールの中へ鳴り響かせているのだった。

目が合った。

彫刻刀で彫ったかのような細長い目の中から覗く、ほくろのように黒くて小さな瞳《ひとみ》。

その目が冷たく無感動な色味をたたえ、私たちをまっすぐに見据えていた。

一瞬、呆然《ぼうぜん》としていた私もはっと我に返り、死に物狂いで貞雄君のあとを追う。

てててててててててててててててててててててててて!

足音はだんだん近くなってきていたが、もはや振り返る余裕など微塵《みじん》もなかった。

自分でも気づかぬうちに「うわああああああ!」と大声を張りあげながら、松葉杖を前へ前へと懸命に突きだして、入院病棟へ続く扉を目指す。

すでに扉の向こうまで逃げていた貞雄君が、扉を開けて私を待ってくれていた。

無我夢中で扉の向こうへ体を滑りこませると、すかさず貞雄君が扉から手を離す。

扉が閉まると同時に貞雄君が再び駆けだしたので、私も急いであとに続いた。

直後、背後の扉に何かが思いっきりぶち当たるかのような、ばあああん! という大音響が、薄暗い渡り廊下にけたたましく鳴り響く。

びくりとなって肩越しに振り返ると、ガラス扉の向こうには暗々とした待合ホールが見えるばかりで、もうすでにノブコちゃんの姿はどこにも見当たらなかった。

渡り廊下を抜け、入院病棟まで戻ってきたところで、貞雄君はようやく立ち止まった。

廊下の壁に手を当て、ぜえぜえと荒くなった呼吸を整え始める。

私も久しぶりに、それも片足だけで走ったものだから、身体がくたくたになっていた。

「ねえ、今のなんなの?」

私が貞雄君に尋ねると、貞雄君はなんだかひどくばつの悪そうな沈黙を続けたあと、
「……だから、ノブコちゃんだよ」とだけ、ぶっきらぼうに答えた。
「ノブコちゃんって誰なの？」
納得のできる、というよりは安心のできる回答が欲しかったのだろう。
私は続けざまに貞雄君に問うた。
「だから、ノブコちゃんはノブコちゃんだよっ！」
ところが貞雄君は露骨に機嫌を悪くし、私を置いてつかつかと廊下を先に歩き始めた。
その後はいくらノブコちゃんのことを尋ねても、貞雄君は一切答えてくれなかった。
面会の時間が終わると暗い面持ちのまま、彼はさよならも言わず病院をあとにした。
次の日から貞雄君は、奈津美ちゃんのお見舞いにも顔をださなくなってしまった。
それからしばらく経つと奈津美ちゃんも退院してしまった。
結局、この日の一件以来、私は二度と貞雄君と顔を合わせることはなかった。
だから、ノブコちゃんという名のあの異形が果たして何者だったのか——。
私は未《いま》だに分からないままなのである。

ともだち

貞雄君が病院に来なくなってからしばらくの間、私は孤独な毎日を過ごしていた。入院していたのは整形外科と隣接する小児科病棟だったので、周囲に子供たちの姿はたくさんあった。けれども同じ病室に入院していたのは全員女の子。しかも私などよりはるかに大きな手術を受け、絶対安静の子ばかりだった。

時々、枕元に行って言葉を交わすぐらいはしても、男の子と女の子ではあまり話題も嚙《か》み合わない。加えて、子供心にも静かに休ませてあげようという気遣いもあったのか、私はあまり同室の女の子たちと親しく接することはなかった。

談話室に行ったり、よその病室を覗《のぞ》いたりすると、同じ年頃の男の子も大勢いた。しかし、彼らはそれぞれ独自の友達グループを作っており、もうすでに新しい仲間を受け入れないムードを漂わせていた。だから私は仕方なく、毎日身の回りの世話に来る母や看護師たちを相手に、本を読んだり絵を描いたりして時間を過ごすしかなかった。

そんな毎日がしばらく続いた、ある日のこと。

日中、別棟にある売店へ行ってお菓子を買った帰り道、売店のある別棟と入院病棟を結ぶ渡り廊下で、私はひとりの男の子と知り合った。

彼は私よりも少しだけ背が低く、年齢もひとつかふたつ年下に見えた。色白の丸顔に大きな両目がくりくりとせわしなく動く、活発そうな雰囲気の男の子だった。

その子は渡り廊下で私と目が合うなり、懐っこい笑顔で駆け寄ってきて、黄色い声で矢継ぎ早にあれやこれやと私に絡みついてきた。

子供同士のことだから特に警戒することもなく、私も絡まれるまま彼の求めに応じた。そのうちやんわりと打ち解けた私たちは、その日から一緒に遊ぶ仲になった。

彼はいつも幼稚園の制服のような正装姿で、私の前に現れた。

だから少なくとも、彼が入院中の子でないということだけは明らかだった。

ただ、彼がどこから来ている子なのかは分からなかった。名前も聞いていたはずだが、今となっては思いだしようもない。

保護者らしき大人と一緒にいる姿を見かけたこともなく、どこかの病室へお見舞いに通っている様子も、彼にはまったく見られなかった。一体毎日、いつ頃この病院を訪れ、何時頃に帰っていくのか。それすらも判然としなかった。

けれども彼は、ふと気がつけばいつのまにか私のそばにいて、同じくふと気がつくと、いつのまにかいなくなっている。そんな不思議な動きをする子供だった。

最初のうちこそ新しい友達ができたと喜んでいた私だが、やがていくらの間も置かず、彼に対してうんざりさせられることが多くなっていった。

年上の貞雄君と違うのは彼のほうが私より年下で、私が面倒を見てもらうのではなく、逆に私が彼の面倒を見なければならないということだった。

彼はとにかく手のかかる子供だった。

わがままで気分屋で、何かにつけて私を困らせ、怒らせ、振り回すことをした。

たとえば私が売店でお菓子を買う。それを見かければ、たちまち「ちょーだい!」と駆け寄ってきて、私の手からお菓子をかっさらい、ひとりでばりばりと食べ尽くす。

またこの当時、私はようやく松葉杖《まつばづえ》から解放され、特製の矯正靴を履いて歩行訓練を始めたばかりだった。そんな私に駆けっこを強要し、断れば火がついたように泣き叫ぶ。

こんなことが日常茶飯事だった。

加えて彼は本を読んだり絵を描いたりなどの、静かな遊びが大嫌いな性分でもあった。私が読書やお絵かきに誘っても、「そんなのイヤだ!」の一点張りで頑として譲らない。結局どれだけ勧めようと、こうした遊びに彼が興じたことはただの一度もなかった。

こんなにも扱いづらく、またクセの強い子でもあったので、私は日に日に彼のことを疎ましく感じるようになっていった。


そんな心乱される毎日が続いていた、ある日の昼下がりのこと。

その日の午前中、以前から欲しいとねだっていた本を母が見つけて買ってきてくれた。私は病室のベッドに寝そべり、さっそく夢中になって読み耽《ふけ》った。

しばらくすると、突然私の背後で「あ〜そぼっ！」の声が響いた。

振り返ると案の定、病室の入口に例の彼が立ち、小憎《こにく》らしい笑顔を私に向けていた。

お邪魔虫。

その頃の私にとって、彼はもうせいぜいそれぐらいの存在でしかなくなっていた。

「今日はイヤだ。遊べない」

ベッドの上で本を読みながら無愛想に答えるが、彼はまったく聞き入れようとしない。

「ダメだよ！　いいから一緒に遊ぶんだっ！」

私の返答に顔中を引きつらせ、わなわなと肩を震わせながらきんきん声を張りあげる。

「うるさい。とにかく今日はダメだ。遊べない」

追い討ちをかけるように私が冷たく言い放つと、彼は目の下をぴくぴくとひくつかせ、やおら大声で泣きだした。

開け放たれた病室の前で泣きわめく彼を尻目《しりめ》に、私は構わず黙々と読書を続ける。

と、広げた書面に勃然《ぼつぜん》と暗い影が差しこみ、次の瞬間、私の手から本が消えた。

顔をあげると彼が病室の中に入ってきて、私の本を奪い取っていた。

「返せよ！」

かっとなってベッドから飛び起きる。すると彼は、私に「あっかんべえ」をするなり、片手に本を抱えたまま、駆け足で病室を飛びだしていった。

私も急いで矯正靴を履くと、おぼつかない足どりで彼のあとを追いかけた。

本来ならば走ることはまだ禁じられていたのだが、この時ばかりは事情が別だった。

うかうかしていると、買ってもらったばかりの本をあいつに汚されてしまう！

そう考えると、居ても立ってもいられなかった。不自由な右足など構っていられない。

病室を飛びだすなり私は、廊下のはるか前方を疾走する彼を全速力で追い始めた。

無骨な造りの矯正靴で床を蹴《け》りながら懸命に走り続けていると、やがて少しずつだが、彼との距離が狭まってきた。廊下の角を曲がり、中庭に面した渡り廊下のまんなかまで達したところで、ようやく私は彼の襟首を引っつかむことに成功した。

「さっさと本を返せ！」

はらわたの煮えくり返るような思いで、私は彼を怒鳴りつける。

だが憤激する私とは裏腹に、彼のほうはいかにも追いかけっこを楽しんだだけという態度で、へらへらと私の顔を見あげて笑うばかりである。

「そんなにこの本が欲しいのかあ～？」

おどけた口調で、彼が私の目の前にひらひらと本をちらつかせる。

「いいから返せよッ！」

構わず両手で本をつかむと、彼のほうも両腕にぐっと力を入れて本を引っ張り始めた。

「わあっしょい！　わあっしょい！　わあっしょい！　わあっしょい！」

ふざけた掛け声をあげながら、まるで綱引きにでも興じるように上半身を思いっきり仰《の》け反らせ、彼はぐいぐいと力まかせに本を引っ張る。

本が壊れる！

焦った私は、本をつかんでいた片手を離すなり、彼の頰を思いっきりひっぱたいた。

ぱん！　という乾いた音とともに彼の首が斜めにかたむき、腕の力がゆるむ。

すかさず本を奪い返すと、どこかに傷みがないかとおろおろしながら確認を始める。

傍らでは茫然《ぼうぜん》自失となった彼が無言で立ち尽くし、下を向いて固まっていた。

ぱっと見る限り、破れたり折れたりしている形跡はどこにも見当たらなかった。

ひとまず安堵《あんど》し、今度は奪われないようにと、両手で本を胸元にぎゅっと抱きこむ。

「なんでこんなことをするんだっ！　ひどいじゃないかっ！」

ぶたれた頰を手のひらで押さえながら目に涙を浮かべ、彼が私に毒づいた。

「友達にこんなことをするなんて、ダメなんだぞっ！」

語気を荒らげつつ、彼が私の前へ詰め寄ってくる。

いきなりぶったことは悪いと思った。けれども、元をただせば悪いのはどう考えても彼のほうだった。買ってもらったばかりの大切な本を奪われ、まだ走ってはいけないと言われている足で走らされ、挙げ句の果てはこんな理不尽な抗議まで受けている。

ひどいのはどちらか。駄目なのはどちらか。本当に悪いのは、一体どちらなのか。

私の中で沸々と、言い様のない怒りが沸きたった。

「お前なんか友達じゃないッ！」

私の絞りあげた大声が、真冬の中庭のぴんと張り詰めた空気をびりびりと震わせた。

とたんにそれまで私を睨《にら》みつけていた彼の顔から、感情の色がすっと消え失せる。

続いて両手両足をまっすぐに揃え、彼はゆるやかな〝気をつけ〟のポーズをとった。

「……うん。分かった」

伏し目がちにぽつりとつぶやき、ひどく哀しげな表情を浮かべた直後。


ぎゅん！


空気を切り裂くような甲高い音とともに、彼の姿が消滅した。

ブラウン管のテレビを消した時の様子に、それは似ていた。彼の身体が外から内へと一気に収束し、小さな菱形《ひしがた》となって消滅する様子を、私は今でも鮮明に覚えている。

その後、病院内を懸命に捜し歩いてみたが、彼の姿は結局どこにも見つからなかった。

のみならずこの日以来、病院内で彼の姿を見かけることもなくなってしまった。

名前すら忘れ、素性も知らずじまいの不思議な子だったが、彼の着ていた服装だけは今でもはっきりと思いだすことができる。

毎日同じ服装。黒色のブレザーに半ズボン姿。足には黒い靴下と革靴を履いていた。

当時は幼稚園の制服かと思っていた。

けれども今にして振り返れば、あれは礼服である。

痛い子

前話の流れで言及したとおり、分厚いギプスがはずされ、松葉杖から解放された私はその後、右足首の形を矯正する特別な靴を履かされた。

靴はロールパンのように全体の形状がずんぐりと丸いが、表皮はごつごつとして硬い。材質は不明だが、黒一色の無骨な造りの靴で、私は毎日決まった時間、この靴を履いて歩くことを主治医に命じられていた。

その日も昼食が終わったあと、私は病棟内をいつものようにぶらついて回っていた。最低でも一日三十分は歩くようにと言われていたので、目的もないまま迷路然とした院内の廊下をぶらぶらと練り歩く。

しばらく歩き続けていると、ふいにどこからか女の子の泣き声が聞こえてきた。

声はまるで無数のガラスをいっぺんに叩《たた》き割ったかのような、ひどく耳障りな大音響。泣き声というよりはほとんど雄叫《おたけ》びに近かった。その声色はとても深刻で不穏な印象を、幼い私の胸に抱かせもした。

先生か看護師さんに物凄《ものすご》く痛い処置でもされているのだろうか。

怖いながらも下卑《げび》た興味が湧いた私は、さっそく声の出所を探り始めた。

初めはどこかの病室から聞こえてくるのだろうと思ったのだが、違った。

病室が立ち並ぶ廊下を通り過ぎても声の所在は分からない。廊下を曲がり、病棟内をさらに奥へと向かって進んでいくと、泣き声はしだいにどんどん大きくなっていった。

声の主は入院病棟のいちばん奥にある、テレビと長椅子が設置された区画にいた。

壁際の天井から吊《つ》りさげられたテレビの下、長椅子に腰かけてブラウン管を見つめる数人の入院患者たち。そのすぐ背後の床上で、頭に白いネットをかぶったパジャマ姿の女の子が、両手で頭を抱えてうずくまっている。

歳は八歳くらい。白いネットの中から覗《のぞ》く頭には髪の毛が一本もなかった。代わりに真っ赤な血に染まった大きなガーゼが、頭皮の露《あらわ》になった頭の上に貼りついている。

痛いよおおおぉぉ！　痛いよおおぉぉ！　いぃたあいぃぃよおおおぉぉお！


冷たい床の上にぐりぐりと頭をこすりつけながら、女の子は土下座するような姿勢で小さな身体を折り曲げ、耳が潰《つぶ》れるような大絶叫をまき散らしていた。

大変だ。看護師さんを呼んでこなくちゃ！

あわてふためき、さっそく辺りを見回してみたが、近くに看護師の姿は見当たらない。

泣きわめく女の子におろおろしているさなか、はたと私はこの異様な状況に気がつき、とたんに身体が凍りつく。

痛いいぃいぃい！　痛いぃぃいぃい！　いいたあいぃよおおぉぉ！

小さな女の子が、それも頭を怪我した女の子が、こんなにも泣き叫んでいるのである。
それなのに、そばにいる大人たちは誰ひとりとして彼女に構う気配がない。
みんな黙って、テレビを観続けている。
何やら見てはいけないものを見ていると直感し、私はすかさず女の子から目を背けた。

痛いよおおお！　いいぃたあああぁぁいいいいぃぃぃ！　痛いよおおおおおおお！

大人たちの視線に紛れこむように、私もさっと視線をテレビのほうへと移す。
その場にしばらく震えながら佇《たたず》んでいると、やがて近くを若い看護師が通りかかった。
その動向を横目で静かに、そっと見守る。
看護師は泣き叫ぶ女の子に一瞥《いちべつ》もくれず、彼女の目の前を無言で通り過ぎていった。
今しかないと思った私も、すぐさま看護師の背中を追って、自分の病室へ戻り始める。
それでも背後ではなお、病院中に響くような大声をあげて女の子は泣き叫んでいた。

寄生体

同じく入院中の話である。夕飯を食べ終えたあとの、ある晩のことだった。

歩行訓練のため、病棟内の廊下をぶらついていると、少し前に知り合った同じ病棟のおばさんが、私に声をかけてきた。名を勝美《かつみ》さんという。

「あんた、植物人間見たくない？」

勝美さんは確か、肩を痛めて入院していたのだと思う。さばさばとした性分の女性で、子供の私にも時折こうして絡んできては、色々な話題を提供してくれていた。

〝植物人間〟とは、長期間にわたって昏睡《こんすい》状態にある患者を指す俗称である。

今日では不謹慎な表現として、ほとんど使われることのなくなってしまった語句だが、私の幼少時代にはまだ、当たり前のように使っていた人が多かったように思う。

まだ五歳の私には〝植物人間〟という言葉が何を意味するものなのか分からなかった。子供なりの単純な連想で、狼男や半魚人のような怪人のことだと受け止めてしまう。

「え？　そんなの怖いよ。見たくないよ」

口では臆病風《おくびょうかぜ》を吹かしつつも、その内実は違っていた。狼男や半魚人のような怪人が本当にこの病棟内にいるのなら、少しだけ見てみたいと私の食指は動き始めていた。

「どこにいるの？」

尋ねると、上の病室にいるのだという。

「おばさんも一緒に行くから、見にいってみる？」

思わせぶりな含み笑いを浮かべながら、勝美さんが私の顔を覗きこむ。

少しの間迷ったものの、夕飯後に母も家に帰ってしまい、私は暇を持て余していた。

結局私は、勝美さんの誘いに乗ることにした。


勝美さんの先導で階段を上り、いちばん上の四階まで行った。子供たちの声で賑《にぎ》わう一階の入院病棟とは違い、四階はフロア全体が水を打ったように静まり返っていた。

「静かにしてなきゃダメだからね。ここは具合の悪い人たちばっかりなんだから」

唇に人差し指を当てながら勝美さんが私の手を引き、静かに廊下を進み始める。

いくつかの病室の前を通り過ぎたのち、勝美さんがひとつの病室の前に立ち止まった。

開け放たれた病室のドアからは、心電図などの医療機器が発する、ぴっぴっぴっぴっという電子音が、小さく静かに漏れ聞こえていた。

「ほら、あれが植物人間だよ」

勝美さんが指を向けた病室の中には、小さなベッドがひとつあった。

ベッドの上には鼻穴に細長いチューブ、首のまんなかには蛇腹状の管を取りつけられ、仰向《あおむ》けになって昏々《こんこん》と眠る痩《や》せ衰えた老人の姿と——

その上にうつ伏せになってぴたりと貼りつく、手足のない裸の女の姿があった。

「ね、かわいそうでしょう？　もうずっとああやって起きられないんだよ」

大仰に顔色を曇らせ、沈《の》んだ声音で勝美さんが私の耳元に囁《ささや》く。

私は思わずぐっと息を呑み、ベッドの上の異形に目を釘《くぎ》づけにされた。

蠟燭《ろうそく》のように生白い肌身と、その生白い背の上を蛇のように幾筋も這《は》い伝う長い黒髪。白黒二色の不吉な対比は鯨幕のそれを連想させ、深々とした忌まわしさを感じさせる。

女の四肢は、肘《ひじ》から先と膝《ひざ》から下が、ねぶられた千歳飴《ちとせあめ》のように先細り、尖《とが》っていた。女はそれらを痩せさらばえた老人の細身にぎゅっと食いこませ、胴を締めつけるような体勢でがっちりと組みついている。

長い黒髪の合間から覗く女の顔も、老人の顔に密着していた。鼻頭と唇とが密着して女と老人の顔は、まるで融け合うようにぴたりとひとつに重なり合っている。

女の頬は肉が削《そ》げたようにきゅっと窄《つぼ》まり、重ねた唇の先は吻《ふん》のように細まっていた。喉《のど》は老人の中の何かを吸いだすかのように、もごもごと断続的に上下している。

目は濁ったオレンジ色をしており、その色味は小児用に処方される液体風邪薬の色を幼い私に連想させた。目は瞬《まばた》きもせず、老人の顔のただ一点を見つめ続けている。

女の生白い背中は、唇の動きと連動して規則的にゆるやかな隆起を繰り返していた。

長い黒髪が這い伝う背中には同じく、黒い手術糸で縫いつけられた生々しい縫合傷が背中全体にわたって大きなバツ印を描いて走っている。

背中が動くたび、縫合傷はぱくりと口を広げ、手術糸の隙間から桃色の肉を覗かせる。傷は女の呼吸に合わせ、ぱくりと開いては閉じ、また開いては閉じを繰り返していた。

その光景の何もかもが、幼い私にとってショッキングだった。

あまりの衝撃に悲鳴をあげることはおろか、声すらもだすことができなかった。

「……あれが植物人間なの？」

魂をくしゃくしゃにされたような心境で階段をおりながら、私は勝美さんに問うた。

「そうだよ。かわいそうだったねえ」

私の肩を優しくさすりながら、勝美さんがしきりに相槌《あいづち》を打つ。

「女の人も、植物人間なの？」

口にだすことすら忌まわしかったが、思いきって勝美さんに尋ねてみる。

「そうだねえ。今のはお爺《じい》さんだったけど、女の人だって植物人間になる時もあるよ」

会話がまるで噛《か》み合わなかった。

私はそれ以上の質問をやめ、ほとんど無言のまま自分の病室に戻った。

その後は二度と四階へあがることもなくなってしまった。

だから、あの昏睡状態の老人があれからどうなってしまったのか、私には分からない。

当時、私がお化けや幽霊の本を愛読していたのは、先の話で紹介したとおりである。だからこうした事象に関しては、それなりの知識や理解もあったほうだと思う。

けれども、入院中にこれだけ不可思議なものを目撃、体験しているのにもかかわらず、私自身はそれらを〝幽霊〟や〝お化け〟と認識したことはただの一度もなかった。

代わりに私が思い得たのは、ただ単に〝厭《いや》なもの〟に出くわしてしまった。あるいは〝見てはいけないもの〟を見てしまったという、極めて現実的な印象のみである。

それは何故か。

私が当時、熟読玩味《がんみ》していた本のいずれにも、こんな忌まわしい容姿をした者たちや事象に関する事柄は、どこにも紹介されていなかったからである。

幽霊といえば柳の下に白い着物姿。妖怪《ようかい》ならば天狗《てんぐ》や河童《かっぱ》、一つ目小僧にのっぺら坊。私にとってお化けとは、かような者たちを指し示す至極健全なものだったのだ。

加えて、こうした者たちと遭遇したのちには、かならずなんらかのオチがつくという思いこみも私にはあった。

たとえば幽霊と遭遇すれば、「昔、この地で何某《なにがし》という人が死んでいて……」などの事実があとから判明する。妖怪ならば、「それは何々という妖怪の仕業だよ」といった情報が、誰かの口から語り聞かされる。

当時の怪談、妖怪本に記載されていた話には、おおむねこのようなオチがついていた。

ところが私自身が体験した事象には、いずれもなんのオチもついていない。

思えば子供としての先入観と見識の浅さが、当時は多大にあったのである。先ほど語った、昏睡状態の老人に貼りつく手足のない女との遭遇然《しか》り。内実も結末も明かされないこうした不条理な体験の数々は、私の心的理解をはるかに超えてもいた。

だからたとえ、暗闇の待合ホールでおかっぱ頭の不気味な少女に追いかけられようと、目の前で幼い友達が消滅しようと、私はそれらに怪異を見いだすことはなかったのだ。

同じく、この後の少年時代から成人に至るまでに遭遇したほぼ全てのものについても、私はある時期を迎えるまで〝この世ならざる者〟として認識することはなかった。

それにもまた、理由がある。

私の目には、それらがあまりにもはっきりと視え過ぎたからである。

当時、幽霊といえば全身ないしは足元が半透明で、身体の向こう側がうっすら透けて見えるというのが、世間一般の幽霊を想起する際の定型だった。

対して私自身の目には、大概のものが〝今この場に間違いなく存在している〟という、はっきりとした像を結んで視えていた。

だから、それらが本当は物凄《ものすご》く異常な存在、ありえざる存在であるということ。

同時にそれらを視覚として認識し、視えるということがどれほど異常なことなのかに気がつくまで、私はかなりの歳月と自己認識を要したのである。

こうした異形たちとの遭遇は自覚もないまま、その後も不規則に続くことになる。

山の神

長い入院生活を終えて、退院したのち。

数ヶ月ぶりに幼稚園に復帰した私は、しばらくの間、独りぼっちになってしまった。

入院中のブランクが長かったため、同じ組の仲間たちと微妙な距離が生じたのである。

周囲は退院してきた私との距離を測りかね、声をかけづらい雰囲気だったのだと思う。

それは私も同じで、周囲から孤立すればするほど、読書やお絵かきなどのひとり遊びに黙々と没頭するようになってしまったのだ。

そんな寂しい毎日が何ヶ月か続き、やがて夏休みを間近に控えたある日のことである。

幼稚園でお泊まり会が催された。

日中は園庭に用意された簡易プールで水遊びに興じ、夕食後はキャンプファイヤーや花火大会に興じる。そんな楽しいイベントが目白押しの行事である。

だがこの日、私はとても憂鬱《ゆううつ》な時間を過ごしていた。

水遊びの時間はみんなの輪の中にうまく入っていけなかったし、夕食の時間も周囲が楽しそうにおしゃべりをする傍ら、ほとんど黙って食事を掻《か》きこんだ。

夕食後、キャンプファイヤーが始まる時間には、私のほうも意固地になっていた。

花火をやってもどうせ楽しくなどない。キャンプファイヤーなんかくだらない。

こうなれば意地でも楽しんだりするものかと、私は心に固く誓った。

これから始まるキャンプファイヤーの焚《た》き木を囲んではしゃぐ仲間たちから遠ざかり、私は独り、みんなから少し離れた園庭の片隅に座る。

まもなくすると、先生がみんなに向かって叫んだ。

「それでは山から神様がおりてきますよ！　みんな注目！」

そう言って先生が指を向けた暗闇の先に、橙色《だいだいいろ》の炎がぼっと灯《とも》った。

黙って炎を見つめていると、純白のローブ姿に白い顎鬚《あごひげ》をたくわえた老人が、松明《たいまつ》を片手にこちらへ向かって歩いてくるのが見えた。

私の通う幼稚園は、町のまんなかに大きくそびえる山の麓《ふもと》にあった。

はるか昔、奈良時代には、この山から産出された黄金が東大寺の大仏を建立する際に献上されたという歴史を持ち、地元では古くから信仰の対象にもされてきた。

そんな背景があるからだろうか。私が通う幼稚園と小学校では山を敬い、大事にする教育がおこなわれていた。園歌に校歌、児童会の歌にも山の名前が登場したし、季節の行事も山にちなんだものが毎年いくつか催されていた。

暗闇から登場した山の神様が静々とした足どりで、みんなの許《もと》へと近づいてくる。

「園長先生だ！」

誰かが得意げに言い放ったのをきっかけに、周りの子たちもそれに続いた。

「あっ、そうだ！　園長先生だ！」「園長先生だよ！」

　確かにそれはみんなの言うとおり、山の神に扮装《ふんそう》した園長先生だった。

「ほらほら違います！　山の神様ですよ！」

　笑いながら先生が訂正しても、みんなはまるで聞く耳を持たない。

「そうじゃぞ。わしは園長先生ではない。この山の神様じゃ」

　キャンプファイヤーに到着した園長先生も、厳かな口調で子供たちをなだめすかした。

　その後は山の神様と一緒にゲームをしたり踊りに興じたりの、楽しい時間が始まった。

　それでも私はみんなから少し離れた場所に座り、暗い地面を見つめて気を沈めていた。

　そこへ園長先生がやってきて、私の目の前にしゃがみこんだ。

「どうした？　みんな楽しんでおるぞ。お前さんも一緒に楽しんだらどうじゃ？」

　ゆったりとした声風《こわぶり》で、園長先生が私を誘う。

「だって、みんな遊んでくれないからイヤだ……」

　地面に目を伏せたまま、私は独り言のようにもごもごと小さくつぶやいた。

「それはお前さんが、自分から『遊んで』『一緒に遊ぼう』って言わないからじゃよ。みんなは、お前さんがどうして欲しいのか分からないから、戸惑っているんだろうぞ？　さあ、勇気をだしてみんなに言ってごらん。きっとみんなも待っていると思うぞ」

　とたんに今まで抑えていた感情が、涙と一緒に堰《せき》を切って、どっと一気に溢《あふ》れだした。

　大粒の涙がぼろぼろと頬を伝い落ち、暗い園庭の土の上にまだらな染みを作っていく。

本当は、みんなと仲よくしたかったのだ。

でも退院して幼稚園に戻ってくると、みんなと少し距離が離れてしまった自分がいて、以前のように仲よく遊ぼうにも、そのきっかけをずっと見つけられずにいた。私自身もみんなと同じく、みんなとの距離の縮めかたを測りかねていただけなのである。

嗚咽《おえつ》をあげて泣き始めた私の肩を、園長先生がぽんぽんと叩《たた》いた。

とても温かく、大きな手だった。

「さあ、お行き。みんなが待っておるぞ」

「うん」

声を返して顔をあげると、長い白髪に豊かな顎鬚をたくわえた老人が、微笑んでいた。顎から伸びる白鬚は脱脂綿で作った偽物ではなく、本物の鬚だった。顔も妙に大きく、白い眉毛《まゆげ》の両端が、頰まで伸びて垂れさがっている。

横目でちらりとキャンプファイヤーへ視線を向けると、みんなと混じって山の神様に扮《ふん》した園長先生がそこにいた。

再び目の前に向き直ると、もう老人の姿は影も形もなくなっていた。

その後、私は勇気をだしてみんなの輪の中に飛びこんでいった。

みんなは大きな歓声と拍手とともに、私を優しく迎え入れてくれた。

その晩から私は、再びクラスの一員として復帰することができた。

サンドウィッチ

夏休みが明け、地元の田んぼがそろそろ黄金色に染まり始めた時期だった。

ある日、私は母に「明日のお弁当はサンドウィッチがいい！」と頼んだ。

少し前から私の組では、お弁当にサンドウィッチを持ってくることが流行《はや》っていた。

ハムや玉子、イチゴジャムを挟んだ手作りのサンドウィッチを幸せそうな顔で頬張る友人たちを横目で眺め、私は常々うらやましいと思っていたのだ。

ふたつ返事で母は了解してくれ、明日の昼食が待ち遠しくてたまらないものとなった。


翌日。待ちに待ったお弁当の時間がやってきた。

「今日のお弁当はサンドウィッチなんだ！」

友達に自慢しながら、意気揚々と弁当箱の蓋《ふた》を開ける。

ところが弁当箱の中には、ぼろぼろと端の砕けたクルミや栗、ヤマブドウの粒などが、子供の腹にも足りない分量でかさりと無造作に入っているだけだった。

まさに天国から地獄。すっかり気持ちのしぼんだ私は、それでも背に腹は変えられず、この野趣溢れる侘《わび》しい弁当を、みんなに笑われながらも渋々全て平らげた。

帰り道。迎えに来てくれた母が運転する車中で、私は弁当の件を猛烈に抗議した。

ところが母は、一体何を言っているの？　という顔で、まるで取り合ってくれない。

「あんなにサンドウィッチがいいって言ったのに、ひどいよこんなの！」

不平をぶちまけ、とうとう涙ぐんでしまった私の姿に母は困ったような微笑を浮かべ、

「それならお弁当箱を開けてみなさい」と、私にうながした。

もう全部食べた。何も入っていないと言っても、母は「いいから開けて」と譲らない。

仕方なく母の言うとおり、幼稚園カバンから弁当箱を取りだし、蓋を開けてみた。

中には長方形に切ったサンドウィッチが、ぎっしりと綺麗《きれい》に並んで詰まっていた。

「ね？　だからちゃんと入れたって言ったでしょう？」

弁当箱を覗《のぞ》きこんだまま呆然《ぼうぜん》とする私を横目で見やり、母が苦笑する。

確かにさっきはサンドウィッチなど入っていなかった。

思いつつも、最前からほとほと空腹に耐えかねていた私は、母が作った色とりどりのサンドウィッチを夢中になって頬張った。

仏壇

幼稚園時代、私が生まれ育った柊木家の家族構成は、以下のとおりである。

最年長の曾祖母《そうそぼ》を筆頭に、祖父と祖母、父と母、それから私とふたつ年下の弟。

その後、私が小学三年生の夏に妹が生まれ、のちに我が家は八人家族となる。


私の家族はその昔、先祖を大事に敬う家庭だった。

毎朝、仏壇と神棚への拝礼を欠かさず、先祖の祥月命日も個々にきちんと供養する。

私も母から作法を教えられ、物心ついた頃には習慣として手を合わせていた。

そんな家族の中で唯一、自家の神仏を拝することを忌避していたのは曾祖母だった。

私が記憶する限り、曾祖母が仏壇や神棚に手を合わせたことは、ただの一度もない。

もちろん、これは個人の価値観の問題なので、神仏に手を合わせようが合わせまいが、何も悪いことではない。

ただ、曾祖母の場合は、自身の価値観こそが絶対であるという傲慢《ごうまん》さがあった。

たとえば朝、誰かが仏前で拝んでいる姿を見留めると、わざわざそばまでやって来て、

「そんなことをしてなんになる?」などとせせら笑う。

仏前にあげられた供え物をくすねて食べたりもしていたし、家の裏庭に祀《まつ》られているお明神《みょうじん》さまの祠《ほこら》の前で小便なども平気でしていた。

そんな曾祖母の素行を家族は常々、苦々しく思ってはいた。しかし、一家で最年長の曾祖母に真っ向から意見できる者は誰もおらず、ほとんど野放し状態になっていた。

曾祖母の心ない行動は、幼い私にも向けられた。

幼稚園が終わって帰宅すると、私は母のしつけを守って仏前に手を合わせる。

「今日も無事に帰ってくることができました」と、ご先祖さまへ報告するためである。

だが、そんな姿を曾祖母に見つかると最悪だった。

仏前にきちんと正座して手を合わせる私の姿を見て、曾祖母は腹を抱えて笑うのだ。

「和尚《おしょう》さんごっこでもしてるのか?」などと、なじられることもままあった。

そんな曾祖母の仕打ちが嫌で、私はだんだん仏前に手を合わせる機会が減っていった。

一体何がそれほどまでに、曾祖母をこうした行動へと突き動かすのか。

単に神仏に対する興味がないというだけでは、合点のいかない行動ばかりが目立った。

興味がないというよりはむしろ、神仏を嘲《あざけ》り、貶《おとし》めるような所業ばかりなのである。

そもそもいつから曾祖母は、こうした発言や振る舞いをするようになったのか。

私が母から仏壇と神棚を拝する作法を教えられた頃は、そうでもなかった気がする。

ではいつ頃から、こうなってしまったのか。

どれほど思い返しても、その境目は曖昧模糊《あいまいもこ》として一向に判然としなかった。

年長組の冬休みを迎えた、ある昼下がりのことだった。

その日、私は地元のおもちゃ屋で、母からクリスマスプレゼントを買ってもらった。

帰宅後、プレゼントを持ってさっそく仏間へと向かう。

「無事に買い物から帰って来られました」という報告と、買ってもらったプレゼントをご先祖さまに見せるためである。

仏前に座って傍らにプレゼントを置き、さて拝もうと手を合わせかけた時である。

折悪く曾祖母が、襖《ふすま》を開けて仏間の中へと入ってきた。

その顔にはご多分に漏れず、憎たらしいほどに嫌味な笑みが浮かんでいる。

「何やってんだ？　また和尚さんごっこか？　はははは、バカ」

私の顔を覗きこむようにして、曾祖母がひどい言葉を投げつける。

「違うよ。クリスマスプレゼントを買ってもらったって、ご先祖さまに教えるんだ」

「はははは、バカ。クリスマスはキリストのお祭りだろ。仏さんになんの関係がある？」

わざとらしい呆《あき》れ顔をこしらえ、曾祖母がさらに私へ喰《く》ってかかる。

確かに言われてみれば、正論かもしれない。だが、まだたかだか六歳の子供に対して、それも仏前でいじらしく、クリスマスプレゼントを買ってもらったことをご先祖さまに報告しようとしている子供に対して、大人が言い放つような台詞《せりふ》ではない。

さすがの私も少しむっときた。

「別にいいだろ。拝むんだから、あっちに行け」

口元を尖《とが》らせ、曾祖母に退室をうながす。すると、すかさず曾祖母が切り返してきた。

「拝んでる？　お前なんかが拝んだって何ができる？　一丁前の口を利いてんじゃない。大体、自分が何を拝んでんのか分かってんのか？　この物知らずのバカ！」

予期せぬ私の反論に腹を立てたのか、曾祖母は怒りと驚きが綯《な》い交ぜになったような奇妙な顔でさんざん毒を吐き散らしたあと、ふんと鼻を鳴らして仏間を出ていった。


それからしばらく経った、ある日の午後。

幼稚園から帰り、いつもどおり仏前に手を合わせようとした時だった。

ふと先日、曾祖母の語った言葉を私は思いだす。

――自分が何を拝んでんのか分かってんのか？

仏壇の中には先祖の位牌《いはい》が並んでいる。その上段には金色に輝く本尊が鎮座している。母に抱えあげられて見せてもらったことがあるから、そんなことは分かっていた。

けれども曾祖母の思わせぶりなひと言が、なんだか妙に頭の中で引っかかった。

そろそろと立ちあがり、背伸びをしながら仏壇の中をそっと覗いて見る。

仏壇の中はどす黒い闇一色に染まり、位牌も本尊も、何も見えなくなっていた。

中が暗くて見えづらいとか、そんな生半可な暗さではなかった。のっぺりとした闇が仏壇内部を塗りたくったように覆い尽くし、奥行きさえも分からなくなっている。

「うわっ！」と声をあげて身をひるがえすと、半開きになった襖から曾祖母が顔をだし、驚く私を見ながら、にやにやと下卑《げび》た笑みを浮かべていた。

「だから言ったろう。罰が当たるからやめとけ」

吐き捨てるようにそう言うと、曾祖母は笑い声をあげながら襖をぴしゃりと閉めた。

再びしんと静まり返った仏間の中。恐る恐る仏壇を、もう一度覗いて見る。

中には普段と変わらず、金色に輝く本尊と位牌、花瓶などが整然と並んでいた。


この一件を境にするあたりから、私は自宅の仏壇をほとんど拝まなくなってしまった。家族の誰かと一緒の時には拝んだが、ひとりで拝む機会はまったくなくなった。

怖いというよりは、気味が悪かったのだと思う。

仏壇の中身をすっぽりと覆い尽くす得体の知れない黒い闇。それは親から教えられた〝ご先祖さま〟という温かなイメージを打ち消すのに、十分な破壊力を持っていた。

それでも親にうながされて仏間に向かえば、含み笑いを浮かべた曾祖母が私の背後で相変わらず、心ない野次を飛ばし続けたりもした。

そんなこんながあったため、幼いみぎりに私は早々と、先祖供養や神仏祈願といった日常の宗教行事とすっかり疎遠になってしまった。

同じく仏壇の一件以来、家の中全体が、なんとなく薄暗く感じられるようにもなった。

昼間、家の南側に面した廊下の窓際にいても、視界にぼんやりとした暗さを感じる。

夜は夜で家中に煌々《こうこう》と明かりが灯《とも》っていても、視界に霞《かすみ》がかったような薄黒さが残る。

たとえるなら、どれほど強い光を浴びせても決して消えない闇が靄《もや》のように残留する。

とでも言えばよいのだろうか。

たとえに限らず、有り体に語ってもそのような状態なのである。


私が幼稚園を卒園し、小学校へ入学してふと気づく頃には、いつのまにか祖父母と父、弟さえもほとんど仏壇を拝まなくなってしまっていた。曾祖母に嫌味を言われながらも、毎日欠かさず仏壇に手を合わせるのは、とうとう母だけになってしまった。

原因が曾祖母の嫌味にあったのか、それとも仏壇の中に見えたあの暗黒にあったのか。

幼かった私には、くわしい原因など何も分からなかった。

その真相を私が知ることになるのは、まだまだはるか先の話となる。

超子猫

私が幼稚園時代までに体験した怪異は、おおむね以上である。

体験した事象を時系列順に並べ、こうして一気呵成《かせい》に語り終えてみると、自分が当時、いかに異様な体験をしていたのかが手に取るように分かる。

しかし、私個人の考えではこうした異様な体験というのは、何も私だけの身に起きた特別なことではないと思う。なぜなら日々の仕事のさなか、依頼主に向けて幼少時代に体験した怪異について尋ねてみると、その回答は意外なほどに多いからだ。

誰しも——とまでは言わずとも、思うに子供というのはこうした本来〝ありえざる〟何かを感知するアンテナのようなものが、心のどこかにあるのかもしれない。

以下に三話、幼少時代に奇妙な体験をされた方々の話を紹介していく。


社労士の歩美《あゆみ》さんが、五歳の頃の話である。

ある晴れた日の昼下がり。

自宅の砂場で遊んでいると、どこからか「みゃあーん」とか細い声が聞こえてきた。

声の主を探って辺りを見回すと、歩美さんのすぐうしろに小さな子猫が座っていた。

子猫は歩美さんの顔を見あげ「みゃあーん」と可愛い声で鳴いている。

うれしくなって猫を抱きあげると、歩美さんの手の中でみるみる子猫が小さくなった。

初めは歩美さんの両手からわずかにはみだすほどのサイズだった子猫が、だんだんと歩美さんの手のひらぐらいのサイズに縮み、続いて指ぐらいのサイズに縮み、さらには指先ほどのサイズにまでぐんぐん小さく縮んでゆく。

すっかり縮み終えると、子猫は豆粒ほどのサイズになった。

子猫は手のひらのまんなかから歩美さんを見あげ、再び「みゃあーん」と鳴いた。

その驚きと可愛らしさに、歩美さんはすっかり興奮した。もう片方の手で手のひらにぱっと蓋《ふた》をすると、大急ぎで庭先にいるお母さんの許《もと》へと駆け寄っていく。

「お母さん、ねえねえ見て見て！　猫！　猫！　子猫！　超子猫！」

顔中を輝かせ、お母さんの目の前でぱっと手を開く。

手の中には赤黒い染みが一粒、どろりと震えながら付着しているだけだった。

「――殺してしまったんでしょうか？」

今年で三十路《みそじ》を迎えた歩美さんは、悲しそうな顔でつぶやいた。

愛ちゃん

砂金《いさご》さんという、私と同年代の男性から聞いた話である。

昔、砂金さんが通っていた幼稚園の同じ組に、愛《あい》ちゃんという名の女の子がいた。

砂金さんはひそかにこの愛ちゃんのことが好きだった。

ただ、一緒になって遊んだり、積極的に言葉を交わしたことはほとんどない。

周囲の男の子から女々しい奴だと思われるのが嫌だったし、愛ちゃんに「遊ぼう」と声をかけるのも恥ずかしかったのだという。

代わりに砂金さんは、心の中で愛ちゃんと遊ぶことにした。

幼稚園帰りのバスの中。自宅で過ごす何気ないひと時。就寝前の布団の中。

愛ちゃんへの想いが湧きあがるたび、そっとまぶたを閉じては、愛ちゃんとふたりでママゴト遊びをする情景や、おしゃべりする光景を頭の中で思い描いた。

ただひとつ、不思議なことがあった。

頭の中で思い浮かべる愛ちゃんの姿は、なぜかいつも白いローブを身にまとっていた。

同じく頭にも白いフードを深々とかぶり、その姿はまるで聖母マリアのようだった。

愛ちゃんがそんな服装をしたことなど、一度もない。

それなのにまぶたを閉じれば、白いローブ姿の愛ちゃんばかりが像を結んで現れる。

「愛」という言葉から連想するイメージを、頭が勝手に作りあげてしまうのだろうか？

砂金さんは常々首をひねっていたが、どれほど心に思い描いても、愛ちゃんの服装は白いフード付きのローブをまとった神々しい姿ばかりだったという。

幼稚園を卒園すると、砂金さんと愛ちゃんは別々の小学校へ入学することになった。

住所も知らなかったため、その後は愛ちゃんの顔を見る機会もなくなってしまった。


時は流れ、他県へ就職した砂金さんが久々に地元へ帰省した時のことである。

幼なじみの友人と設けた酒の席で、砂金さんは愛ちゃんの訃報《ふほう》を知らされた。

聞けば、交通事故だったという。結婚してわずか二年目の、痛ましい最期だった。

奥さんがたまさか愛ちゃんの高校時代の同級生だったという縁で、友人も愛ちゃんの葬儀に参列したのだという。

「何せ勝手が全然分からないもんで、難儀したよ」と、友人が肩を竦《すく》めた。

愛ちゃんが嫁いだ家は、キリスト教だったのだという。

それを聞いた砂金さんの脳裏に、幼い頃の空想が突として蘇《よみがえ》る。

どれだけ思い描いてもまぶたの裏に浮かび続けた、白いローブ姿のあの愛ちゃん。

そういうことだったのか――。

思い至った瞬間、砂金さんの胸が小さくきゅっと締めつけられた。

お化け屋敷

藤田《ふじた》さんという四十代の男性が、小学二年生の時にこんな体験をしている。

近所の神社で開かれた夏祭りの夜だった。藤田さんは一緒に来ていた友人らとはぐれ、雑多な屋台のひしめく境内を独りでさまよい歩いていた。

友人たちの姿を求めてしばらく歩き回っていると、ふいに「ねえ」と声をかけられた。見れば高校生ぐらいとおぼしき浴衣姿《ゆかたすがた》の少女がふたり、古びた木小屋の前に立っている。

「一緒に入らない？　わたしたちだけだと怖いんだもん」

言いながら少女たちは、背後の木小屋を指差した。黒塗りにされた木小屋の壁面には、白装束を着た幽霊や妖怪たちの姿がおどろおどろしいタッチで描かれている。

木小屋の頭上に視線を向ければ案の定、「お化け屋敷」の看板が掲げられていた。

正直なところ、お化け屋敷——というより、怖いもの自体があまり好きではなかった。しかし年上の少女ふたりは、すがるような目つきで藤田さんの返答を待っている。

子供ながらにも、ここで断っては男が廃《すた》ると藤田さんは思った。

またそれと同じくらい、彼女たちに弱虫だと思われるのも嫌だった。

「いいよ」と応《こた》えると、ふたりの少女は手を取り合って喜んだ。

入口に張られた暗幕をめくりあげて中へ入ると、機械じかけの女幽霊や一つ目入道が、不吉な叫びをあげて出迎えた。本来なら飛びあがりそうなほど怖かったが、少女たちに臆病風《おくびょうかぜ》を気どられないよう、藤田さんは努めて平静を装った。

「怖いから先頭になってよ」と、少女たちが藤田さんの背中に回る。仕方なくふたりの壁になるような形で、藤田さんは先へと向かってゆっくり進み始めた。

次々と現れるお化けたちの猛襲に、ふたりの少女は藤田さんの背後で悲鳴をあげる。一方、藤田さんのほうは半ば失神しそうになりながらも、必死に勇気を振り絞った。

神経をすり減らしながらしばらく歩いていくと、ふいに背後の悲鳴がぴたりとやんだ。怪訝《けげん》に思って振り返ると、いつのまにか少女たちの姿が消えている。

どれほど周囲を見回せど、ふたりの姿は見当たらない。

とたんに堪《こら》えていた恐怖が爆発した。藤田さんはありったけの悲鳴をまきあげながら、真っ暗闇のお化け屋敷を死に物狂いで駆けだした。

ほどなく出口へ到達し、矢のような勢いで屋外へと飛びだす。

すると、先ほどまで捜していた友人たちが目の前にいた。

「どうしたの？」という友人たちの問いに藤田さんが背後を指差すと、そこには古びた小さな灯籠《とうろう》があるだけで、お化け屋敷などどこにもなかったという。

透明人形

小学校一年生の夏休み。

両親に連れられ、私が町内の花火大会に出かけた時の話である。

ずらりと屋台の立ち並ぶ川辺の土手道を歩いていると、肩口に奇妙な人形を浮かべて歩く見物客と、たくさんすれ違った。

人形は直径三十センチほど。色はなく、全て無色透明である。

大きな頭と短い手足。全体的にずんぐりとした赤ん坊のような体型で、目鼻口はない。

夜空に大輪の花火が咲くたび、透明な身体に鮮やかな色味が映りこんで虹色《にじいろ》に染まる。その様子がなんとなく、しゃぼん玉のようで綺麗《きれい》だった。

男も女も、子供も大人も、腰の曲がった老人さえも——。

性別や世代に関係なく、大勢の見物客が同じ人形をまるで共通のマスコットのように肩から浮かべて花火を見あげたり、路上を行き交ったりしていた。

俄然《がぜん》、私も同じ物が欲しくなる。さっそく辺りの屋台にきょろきょろと目を光らせる。ところが同じ人形はどこの店にも置いていない。

そのうちだんだんと焦《じ》れったくなり、私は母に「あの人形が欲しい」とねだってみた。

ところが母のほうは「どの人形？」と聞き返してくるばかりで、まるで要を得ない。幼い私も言葉が足りず、人形の特徴をいまいちきちんと言い表すことができなかった。

そのため、会話はさらに平行線をたどった。伝えたいことが明瞭《めいりょう》に伝わらない苛立《いらだ》ち。その間にも人形を肩口にぷかぷか浮かべて目の前を通り過ぎていく見物客の姿にじりじりと気持ちばかりが焦る。

ついに私は地団駄を踏みながら、「だからあの人形なんだよ！」と激昂《げっこう》した。

そのやりとりを先刻から渋い顔で聞いていた父が、とうとう爆発した。

花火の炸裂《さくれつ》音を掻《か》き消すような高声で父から「いい加減にしろ！」と怒鳴りつけられ、私が泣きだしたのを機に、人形の話題はあえなく幕引きとなった。

その後は暗い気持ちで涙をぬぐいながら、私は黙って花火を見あげ続けた。

やがて最後の花火が打ちあがり、川べりの会場におだやかな沈黙が訪れた直後。

薄ぼんやりと夜空を見あげていた私は、思わず「あっ」と小さな叫びをあげた。

件《くだん》の人形たちが見物客の肩から一斉に離れ、夜空へ向かってぷかぷかと昇っていく。

人形たちは、夜空一面にうっすらと煙る花火の残した煙幕を突き抜け、綺羅《きら》星《ぼし》の瞬く藍色《あいいろ》の夜空へ天高く昇り、やがて見えなくなってしまった。

驚きのあまり、すぐさま両親の顔を見あげたが、ふたりとも顔色ひとつ変えていない。

また怒られるのも厭《いや》だと思った私は、結局人形の話題に再度触れることなく、無言で会場をあとにした。

お不動さん　異聞

結婚後、私たち夫婦が暮らしている自宅は、地元の山の麓《ふもと》にある。我が家へ至るには山へと続く細長い坂道をとろとろと、しばらく上っていかなければならない。

これは、序文「初めから、始まりまで」でも触れたとおりである。

さて、私の自宅前を通り過ぎ、この坂道をさらにひたすら上っていくと、何があるか。

答えは山の入口なのだが、この入口には不動明王を祀《まつ》ったお堂が建っている。

〝お不動さん〟の愛称で古くから親しまれている、寂《さ》びた風情の小さな不動尊である。

お堂の裏手には年古《としふ》りた巨大なケヤキが屹立《きつりつ》しており、太い根の張られた岩間からは、山から染みおりてきた豊富な清水がこんこんと湧きだしている。

水には霊験があるとも言われ、地元の住人を始め、はるばる遠方から水を汲《く》みにくる愛好家も多い、私の地元界隈《かいわい》ではよく知られた名所である。

このお不動さんにて、私は小学時代と中学時代に計三回ほど、奇妙な体験をしている。

その詳細についてはすでに別の本で語っているため、本書では割愛させてもらう。

代わりに当時、字数の関係で語りきれなかった話を紹介させていただきたいと思う。

このお不動さん、実は様々な逸話が伝わる魔所でもある。決して私個人のみが奇妙な体験をしているわけではない。

たとえばその昔、境内の片隅に転がる巨石を庭石として持ち帰った者がいた。しかし、石を庭に移してまもなく、家族の間で様々な病気や怪我が多発した。蒼《あお》ざめて石を元の場所へ戻したところ、変事はぴたりと収まったという。

他には深夜、肝試しに出かけた若者らが、お堂の上空から木霊《こだま》する無数の子供たちの笑い声を聞いたという話や、白い人影を目撃したなどという話もある。

また、数年前にはお堂を囲む森の中から、呪いのわら人形が発見されたこともある。人形は付近の住人に発見され、報告を受けた地元の寺の住職がこれを処分した。

然様《さよう》な具合に、地元で聞こえ伝わる不穏な事象のみを羅列していくと、お不動さんはいかにも心霊スポット然とした、恐ろしい場所だと思われることと思う。

けれども他方、お不動さんへお参りに行くと活気が蘇《よみがえ》り、気力がみなぎるという者や、先述した水の効能がすばらしく、長患いしていた病が治ったという者もいる。

お不動さんの名誉のために一応お断りをさせていただくと、平素のお不動さんは別段、恐ろしげな雰囲気の漂う場所ではない。周囲は鮮やかな淡緑の樹々に囲まれ、湧きでる清水の清冽《せいれつ》な水音が軽やかに耳を打つ。そんな風光明媚《めいび》な場所である。

実際に現地を訪ねてみれば、先に述べた不穏な逸話などよりむしろ、最前に紹介した活気や気力など、お堂の霊験にまつわる話のほうがしっくりくることと思う。

ただそうは言っても、このお不動さんに何もないということも私は言わない。

それはお不動さん自体が、曰《いわ》く因縁《いんねん》を持つ怪しい場所ではないというだけの話である。少年時代、私自身が実際に体験した怪異を含め、この地で実際にあったと伝わる逸話の数々を否定する気もまた、毛頭ないのだ。

ではなぜ、このお不動さんに様々な怪異が発生するのか？

その手がかりとなるのは、お不動さんのルーツにあると、独断ながら私は踏んでいる。

郷土資料を手繰ってみると、お不動さんはその昔、この山の麓をぐるりと取り囲む形で、全部で七つ存在していたのだという。これは総じて七滝《ななたき》不動と呼ばれていた。

残念ながら今の世に残るのは、私の自宅近くにあるこのお不動さんの他、ふたつのみ。その他は長い年月を経るにしたがい、様々な事情から風化していったものと考えられる。

山を囲む形で配された七滝不動は、ひとつには山自体を護《まも》るという意味合いがあった。だがさらにもうひとつ。私の憶説では〝山から里へ降りてくる怪〟を食い止めるという役割もあったのではないかと思う。


小学校二年生の夏休みに、こんなことがあった。

炎暑の午後、私はひとりで山へと伸びる坂道を上った。お不動さんのお堂前を横切り、さらに上へと上っていくと、ほどなくして小さなダムへたどり着く。

このダムは当時、地元の子供たちに人気の遊び場だった。

ダムは横幅十五メートルほど。大雨でも降らない限り放水用のゲートは常時閉ざされ、下流の沢は子供のすねぐらいが浸《つ》かるほどの水位しかなかった。流れもゆるやかなうえ、沢ガニやタニシ、ゲンゴロウなどの生き物も豊富にいた。

ゆえに当時の子供たちは、夏休みのプール遊びに飽きると、こぞってこのダムの沢へ馳《は》せ参じたのである。この日、私がひとりでダムへと向かったのも、小学校のプールに親しい友人たちの姿が見当たらなかったからだった。

ダムへ到着し、沢へと続く小道をおりていくと、思ったとおり子供たちの姿があった。ところが子供たちはみんな、顔に奇妙なお面をかぶっていた。

真っ白な下地に、ひらがなや漢字で人の顔を模したものが、太い黒字で描かれている。私が判別できたのは「へのへのもへじ」と「つるさんはまるまるむし」のみ。

しかし、他のお面も同様、全て人の顔を模したものだったことは覚えている。

子供たちはお面で顔を隠しているうえ、いずれも水着姿だった。お面の下地と同じく、みんな白一色の水着である。だからなおさら個人の特定はできなかった。

総勢で七、八人はいたと思う。ただ、年頃はみんなばらばらで、私と同学年ぐらいの背丈の子もいれば、明らかに上級生と思われる背の高い子の姿もあった。

彼らが誰であるのかは分からなかったが、その点については大した問題ではなかった。同じく、当時は子供の数が多かったため、同じ学校の児童にも見知らぬ子供は大勢いた。同じく、ダムを遊び場に使う子供も多かったので、誰がいてもさして不思議はなかったのだ。

それよりも私が気になったのは、彼らがかぶっているお面のほうだった。

私もお面が欲しかった。お面がなければ、彼らと一緒に遊べないと思ったのである。

しかし、にわかに湧いた私の不安は、たちまち杞憂《きゆう》に終わる。

私が無言で沢辺に立ち尽くしていると、お面をかぶった子供のひとりが近づいてきて、どこから出したものか、同じようなお面を私に差しだしてくれた。

私がお礼を言ってお面をかぶると、その様子を遠目から見守っていた他の子供たちが「わっ！」と一斉に歓声をあげた。

それから彼らは口々に「行こう！　こっち！」と私へ手招きを始めた。

私が沢へ入ると、今度はみんな下流へ向かってざばざばと歩き始める。

冷たい沢水を掻き分けながら、私も子供たちの背中に続く。ダムから始まるこの沢はお不動さん近くの森の中を突っ切り、ゆるやかな蛇行を何度も繰り返しながら山を下り、やがて下流の集落へと至る。

子供たちは黄色い声をあげつつ、ずんずん沢を下っていく。私も夢中になって彼らのあとを追いかけていった。淡緑色の木漏れ陽が降りそそぐ森の中を抜け、人家の裏庭に架けられた木橋をくぐり、水の流れにしたがって、下へ下へとおりていく。

ダムから沢をこんなに下ったのは、生まれて初めてのことだった。

見慣れた地元の風景が、わずかに視点を変えただけでとても新鮮なものに感じられた。なんだか未知の世界を探検しているような気分にもなり、私の心は浮き立った。

人家沿いを流れる細流を通り過ぎ、さらに先へと進んでいく。沢の両脇は青々とした草むらから石造りの堤防へといつしか装いを変えていた。歩きに歩いて、山から里までおりてきたという証《あかし》である。

やがて前方を歩く子供たちは、目の前に口を広げたコンクリート製のトンネルの中へ次々と姿を消していった。

見失ったらまずいと思い、私も沢水を蹴《け》りあげるようにして歩を進める。

「おい！　何やってんの？」

そこへ突として、頭上から声が届いた。見あげると堤防の真上に私の友人たちが並び、私の顔を不思議そうな面持ちで見おろしていた。

「遊んでたんだよ」と即答すると、「誰と？」と再び尋ね返される。

「あいつら」と言って、私は前方のトンネル内を指し示す。ところがトンネルの中にはもうすでに子供たちの姿はなかった。

同時にいつのまにか私がかぶっていたお面も、顔から消えてなくなっていた。

まごつきながらも事情を説明しようとしていたところへ、友人のひとりが口を開いた。

「そっから先、危ないよ！　あがってきたほうがいいって！」

いかにも心配げな友人の声音に、ようやく私もはっとなって堤防をよじ登った。

沢からあがった先は信号機のある小さな交差点である。先ほど私が入ろうとしていたトンネルは、この交差点の真下に掘られたものだった。

トンネルを抜けて反対側に出ると、そこはもう沢ではない。山からおりてきた沢水を付近の田んぼへ運ぶ堀になっているのである。

堀は子供の頭がすっぽり沈んでしまうほど、底が深かった。

だから地元の子供たちは、交差点の真下に掘られたこのトンネルは絶対にくぐらない。迂闊《うかつ》にくぐって向こう側へ達した瞬間、目に見えぬ落差に足を奪われ、深い水の中へと飲みこまれてしまうからだ。

その光景を頭に思い描き、私はぞっとする。同時にあの子たちの安否に不安も覚えた。注意深く交差点を渡り、堀の中を覗《のぞ》きこんでみる。

もしもあの子たちが溺《おぼ》れて死んでいたらと考えると、泣きだしそうなほど動揺した。けれども、堀の中には黒々と深みをたたえた水面がしずしずと揺らめくばかりだった。お面をかぶったあの子供たちの姿は、その片鱗《へんりん》すらも見当たらなかった。

怪訝《けげん》な顔で様子を見守る友人たちに事情を説明しようとも考えたのだが、結局よした。一体何をどう説明したらよいのか、分からなかったからである。頭も混乱していた。

その後、私は狐につままれたような心境で、友人たちと再び遊びに出かけたのだった。

私が現在住まうお不動さんから少し下った自宅周辺では、夜になると狐や狸といった獣たちが盛大に鳴き交わす。ただ時折、そうした獣たちの声に混じって得体の知れない何かの声が、混じることもある。

それは時として聞き覚えのない異国の言葉のようだったり、また時として、数十人の女の群れがけらけらと笑い交わす声だったりする。

山は恵みをもたらす信仰の対象であると同時に、人知のおよばぬ魔境でもある。

山という異界からこぼれるように降りてくる異形たちを、かつての七つの形を失ったお不動さんは、それでもどうにか水際で食い止めているのかもしれない。

だからお不動さんの界隈《かいわい》は、怪異がとても多いのである。

少年時代、山の中のダムで出遭ったあの奇妙なお面姿の子供たちの姿を思い返すたび、私は漠然とそんなことを考えてしまう。

もぐらたたき

同じく、私が小学校二年生の二学期に体験した話である。

放課後、私は友人のS君、K君、A君と、通い路の途中にある寺で道草をした。

当時、寺は手狭になった墓地を拡大するため、本堂よりも一段下がった敷地に新たな墓地を増設したばかりだった。完成したての新墓地は、まだまだ空いている区画が多く、子供がしゃがんで潜れるくらいの四角い骨堂が、いくつも無造作に口を開けていた。

人気のない夕方の墓地は子供たちにとって恰好《かっこう》の遊び場だった。当時は墓穴を塹壕《ざんごう》に見立てて戦争ごっこをしたり、かくれんぼをしたりと、ずいぶん遊んだ記憶がある。

その日は〝もぐらたたき〟をするということで、みんなの意見が一致した。

〝もぐらたたき〟とは、墓穴をもぐらの巣穴に見立てた、私たちが考案した遊びである。

空っぽの墓穴に潜りこんだもぐら役が時々上半身を出し、それを墓地の隅っこに立ったハンマー役が見事に指差せば、得点が入る。

たとえば十点制なら十回もぐらを指差せばハンマー役の勝ち。

ただし〝お手つき〟というルールもあって、十点制の場合には二十回指を差したうち、十回もぐらを指差せなかった場合は、ハンマー役の負けとなる。

もぐら役の子は同じ墓穴に留《とど》まることができず、一度上半身を出したら別の墓穴へと移動しなければならない。指を差されようが差されまいが、このルールに変わりはない。ハンマー役の目を盗んで墓石と墓石の間に身を隠しつつ移動し、別の墓穴に潜りこむ。この繰り返しで、墓穴から縦横無尽に現れるもぐらたちを次々と指差していくだけの他愛もない遊びである。けれどもルールが単純明快なうえに、墓の中に身を潜めながらハンマー役の視線をかいくぐるスリルがなかなか面白く、当時の私たちの間では定番の遊びとなっていた。

始めは私がもぐら役だった。墓石をカモフラージュに墓穴から墓穴へと身を隠しつつ、ハンマー役の動向を探り、次々と上半身をさらしていった。

他の子も同じように不規則なタイミングで上半身をさらすため、墓地の端に陣取ったハンマー役の視点からは、ちょうど本当のもぐらたたきの遊戯台のように見える。

何度かハンマー役の交代があったあと、ようやく私がハンマー役を務める番になった。墓地の全景を見渡せる敷地のいちばん端に立ち、友人たちの動向を注意深く探る。

友人たちは私に見つからないよう、墓石の陰に隠れながら器用に墓の中へと滑りこみ、こちらの隙を狙って次々と顔を出す。

私は次の墓穴を予測しながら、飛びだしてきた友人たちを次々と指差していく。

指を差された友人は再び姿を隠し、別の穴から姿を現す。

無数の墓穴から次々と飛びだす標的を、私の指は夢中で狙い続けた。

S君、A君、K君。

S君、K君、A君。

K君、A君、S君。

S君、A君、K君。

A君、S君、おばさん。


ふいに私の指が、黒い喪服を着たおばさんの前で止まった。

頭のうしろでふっくらと結われた、ぬらぬらと光る黒髪。ドーランを塗ったように真っ白く、夕闇の中にくっきりと映える、しわだらけの顔。

お寺の人ではないと、すぐに分かった。普通の人でもないと、すぐに分かった。

墓穴から出てくる時、おばさんはぴくりとも身をよじるそぶりがなかったからだ。まるで鉄柱のように身を固め、直立したままの姿勢で墓穴からするりと出てくるのを、私はしっかりと見ていた。

おばさんが私の目を見て、笑った。

めくれあがった唇から覗く歯は、喪服と同じく真っ黒だった。

　とたんに背中と心臓に氷を詰めこまれたような衝撃を覚える。

　おばさんは私に向かって微笑みながら、やはり直立したままぴくりとも姿勢を崩さず、再びすとんと、奈落《ならく》へ落ちるように墓の中へと消えていった。

　恐ろしくなった私は、そのまま墓地を飛びだした。驚いた友人たちもそれに続いた。

　墓地からだいぶ離れた帰り道。

　怪訝そうな顔をする友人たちに、自分が今しがた見たものを必死になって説明した。

　けれどもおばさんを見たのは私だけだった。

　他の友人たちは誰ひとりとして、そんなおばさんは見ていないと答えるばかりである。

　そのうち友人たちの口から誰ともなく、「お化けじゃない？」という意見が出始めた。

　模範的な回答だったが、しかしそれは私の納得する回答ではなかった。

　あんなにはっきりと目に見えるお化けなどいるものか。

　それが私自身の率直な感想だった。こんなものを目撃してさえも、私の心中における当時のお化け像というのは、相変わらず〝柳の下に半透明〟だったのである。

　翌日以降も、寺で遊ぶ機会はたびたびあった。

　再びあのおばさんを見かけたら、今度こそ友人たちに見せてやると、私は意気込んだ。

　しかし、その後は何度墓地で遊んでも、二度とおばさんの姿を見ることはなかった。

超人魂

幼稚園時代の入院中、貞雄君の影響でお化けや妖怪《ようかい》の世界に目覚めた私は、その後も怖い話に惑溺《わくでき》した。

親類縁者が集まる法事の席など、ふとした拍子に大人たちが怪談話を語り始めたのを耳聡《みみざと》く聞きつけると、折り目正しくその輪に混じり、夢中で話に聞き耽《ふけ》る。

私はそんな、一風変わった子供だった。

幸いなことに父も母も、私の趣味嗜好《しこう》をたしなめてとやかく言う人たちではなかった。怖い本が欲しいと言えば文句も言わず買ってくれたし、年長者の語る怪談話を聞いても「悪影響だから」ととがめるようなことも一切なかった。

それはひとえに、両親自身の人生経験に基づく判断も多少はあったのかもしれない。

私の父母も、若い頃から様々な体験をしている口なのである。お化けや幽霊を信じる、信じないの二者択一を迫られれば、迷わず「信じる」を選ぶ親なのだ。

以下続けて六話、そんな私の両親と家族が体験した怪異を紹介していきたいと思う。

これらが全てではないが、特に印象深いエピソードを選《よ》り抜いて採録してみた。

父が高校生の頃だと言うから、昭和四十年代半ばの話である。

お盆が過ぎた八月の下旬。隣町に住む父の友人が、バイクで家に泊まりに来た。

夜になり、自室でレコードを聴いたりしながら時間を過ごしていると、ふいに友人が「うちにとっておきのLPがある。今から一緒に取りにいこう」と言いだした。

くわしく尋ねてみれば、父にとっては特にこれといって興味のない歌手のLPだった。加えて時計を見れば、すでに深夜の零時を大きく回る時間である。

面倒くさいと思った父は、友人の提案を断った。だが友人も譲らない。

「聴けば絶対満足するから、急いで取りにいこう」などと執拗《しつよう》に食い下がる。

結局、友人の説得に押し切られるような形で、父は渋々バイクをだした。

隣町にある友人の家は、バイクで三十分ほどの距離がある。道中は車通りも途絶えて暗く静まり返った田んぼ道が延々と続くばかりで、街灯すらもろくにない。

こうした道のりも、父が友人の願いを渋る一要因であった。

真っ暗闇の田んぼ道を二台のバイクでしばらく飛ばし続けていると、そのうち進路のはるか片隅にオレンジ色の光が小さく灯《とも》った。

父は初めそれを、列車の前照灯だと認識した。一本向こうの田んぼ道と並列する形で、ローカル線の線路が敷かれているのを知っていたからである。

光はバイクが進むにつれ、徐々に輝きを増し、大きさも肥大していった。

その色味と形は、ちょうど線香花火に灯る火玉のようだったと父は語る。

列車の光にしては、なんだか妙な具合だな。

うっすら疑問を感じ始めた矢先、前方を走っていた友人が、突然こちらを振り向いた。

「おい、ありゃ人魂《ひとだま》だ！　逃げろ！」

真っ青な顔でひと声叫ぶなり、友人は猛スピードで漆黒の田んぼ道を疾走し始めた。

友人のただならぬ様子に父も血相を変え、あわててうしろを追いかける。

ぐんぐん先へ進んでいく友人を必死になって追いながら、再び視線を光へ向けてみる。

光は今や自動車並みに膨れあがり、周囲の田んぼを煌々《こうこう》と照らしつけていた。

とたんに口から「うあっ！」と大きな悲鳴が漏れる。同時にアクセルグリップを握る右手にも力がこもった。

グリップを全開に回すなり、友人を追い越すような勢いで父も田んぼ道を激走する。

走りながら光の動向を確認してみれば、それは父たちのバイクと並列するようにして、田んぼの上空二メートル辺りを滑空していた。オレンジ色の輝きはさらに明るさを増し、父の身体すらもオレンジ色に明々と染めあげていた。

もはや列車の放つ光などと、到底割りきれる代物ではなかった。

友人の放った「人魂」という言葉を思い返し、父の口から再び悲鳴が漏れる。

友人も同じく、悲鳴をあげながらフルスピードでバイクを駆り続けていた。

その後もふたりは、死に物狂いで田んぼ道を走り抜け、迫りくる人魂から逃れ続けた。

ようやく人魂を撒《ま》けたのは、田んぼ道を完全に抜けきったあとだったという。

這《ほ》う這うの体で友人宅の門口まで到着すると、もはやLPどころではなくなっていた。我先にと家の中へ駆けこむなり、ふたりはがたがた震えながら夜を明かしたという。

実はこの人魂の一件があった数週間前、父の級友ふたりが、同じく地元の田んぼ道でバイク事故に遭い亡くなっているのだという。

父曰《いわ》く、夜中にバイクを飛ばす自分たちに「危ないから気をつけろよ」という警告を、亡き級友たちが人魂となって伝えたのではないか？　とのことだった。

しかし後年になって私は、果たしてそうかと思ってしまう。

巨大な人魂から逃れるため、田んぼ道をバイクで飛ばしたふたりは、事故も起こさず無事に生還することができている。だからあるいは、彼らに守られたのかもしれない。

けれども、亡き級友たちが「危ないから気をつけろよ」と警告するだけなのだったら、わざわざ人魂の形となってふたりを脅かす必要などないのだ。

現に人魂との遭遇に怯《おび》えたればこそ、父と友人は猛スピードでバイクを飛ばしている。これでは警告にならない。まるで父と友人を殺そうと仕向けているようではないか。

そこで私は、こう考えたのである――。

父の級友たちをバイク事故で殺したものこそ、実はその人魂だったのではないか、と。

確証はないが、なんとなくそんなことが頭に浮かび、私はとても厭《いや》な気分になった。

どちらにしても

同じく、私の父の体験である。

私の父は、道路工事に用いる特殊車両などをトラックで運ぶ、運送業を営んでいる。

年号が昭和から平成に変わってまもなくの頃だったという。

仕事帰りの深夜遅く、自宅へ向かってうら寂しい田舎道にトラックを走らせていると、ヘッドライトの明かりの中に突然、白い人影が浮かんだ。

目を凝らして見てみると、それは白装束に身を包んだ髪の長い女だった。

時計を見れば、すでに午前二時を大きく回っている。加えて辺りは閑散とした田舎道。道の片側には鬱蒼《うっそう》たる雑木林、もう片側は一面に雑草の生い茂る荒れ野原である。

付近に人家の類《たぐい》は一切ない。通い慣れた道だったので、父はそれを知っていた。

だからこんな時間に人間が、ましてや白装束を着た女が歩いているなど、常識的には絶対に考えられないことだった。

女はこちらに背を向け、とぼとぼとした足どりで道の端を歩いていた。

固唾《かたず》を呑《の》みつつ、震える両手でハンドルを握り、女の真横を通り過ぎる。

バックミラーから女の仔細《しさい》を覗《のぞ》き見ると、やはり身につけているのは白装束だった。

とんでもないものを見てしまった……。

生きた心地もしないままアクセルペダルをぎゅっと踏みこみ、父は家路を急いだ。

ところがしばらく走ったところで、父の頭にふとした疑問が生じる。

白装束姿でいかにも成りはそれっぽいとはいえ、果たして幽霊があんなにはっきりと目に見えるものだろうか。もしかしたらあれは、生身の人間だったのではないか、と。

そう考えると、なんだか女のことが少し気の毒に思えてもきた。

事情はどうであれ、こんな遅くにあんな辺鄙《へんぴ》な道をたった独りで歩いているからには、何かよほどの事情があったのかもしれない。

いっそ引き返して、車に乗せてやろうか。

女に対してそこはかとない憐《あわ》れみを感じ始め、ハンドルを切り返そうとした瞬間――

だがそこで、父の手が止まった。


あれが仮に生身の女だとして……だったらどうして、白装束なんか着てるんだ？


背筋にぞわりと粟《あわ》が生じた拍子に、車内のデジタル時計に目が留まる。

時刻は午前二時半過ぎ。

時計を見た瞬間、粟粒が全身を駆け巡るように、ぞわぞわと一気に広がった。

確かに女とすれ違ったあの界隈《かいわい》に、人家はない。けれども、別のものならあった。

古びた小さな神社である。

確たる証拠は何もない。だが、個々の状況を照らし合わせるだけで、もう十分だった。

午前二時過ぎに、古びた神社の近くを白装束姿で歩く得体の知れない女。

「丑《うし》の刻参り」「わら人形」という言葉以外に、浮かんでくる答えは何もなかった。

——幽霊だろうが生身だろうが、どっちにしても願い下げだ。

アクセルペダルに再び力をこめると、父は今度こそ脇目も振らず家路を急いだという。

豪雨の晩

私の父と母、のみならず母方の家族全員が、同時にこんな体験をしている。

母の実家は家名を郷内《ごうない》という。母の代で十八代目となる、いわゆる旧家である。住まいは山の中腹にでかでかとそびえる、御殿のごとく豪奢《ごうしゃ》な屋敷。

事業家であり、また畜産農家でもあった私の祖父が、一代で築きあげた大屋敷である。

母の実家には当時、祖父と祖母、曾祖母《そうそぼ》の三人が暮らしていた。

結婚後、私が生まれて、まだまもない頃だったという。

春先の週末、夫婦揃って母の実家へ泊まりに出かけた。

その晩遅く、そろそろ寝ようとしていた矢先、居間の電話が突然鳴った。

出ると祖母の実家からで、結核で長患いをしていた姪《めい》が危篤状態との報《しら》せだった。

当時、二十歳を迎えたばかりのこの姪は、祖母のことをとても慕っていた女性だった。

祖母も同じく、我が娘のように姪をかわいがっていた。床に臥《ふ》せる前までは郷内の家にたびたび招き、寝泊まりをさせる仲だった。

報せを聞いた祖母としては当然、居ても立っても居られない。

姪の入院している病院へ今すぐ向かいたいと、祖母は祖父に懇願した。

ところが祖父はこれに対し、首を縦には振らなかった。

この当時、祖母もまた、長患いをした難病からようやく回復したばかりの身体だった。病後の経過は順調だったものの、未だ油断のできない状態である。

時計を見れば、そろそろ深夜を回る時間だった。

まだまだ安静にしていなければいけないこの時期に、ましてや夜も遅いこんな時間に、かわいがっていた姪の最期に立ち会うなど、百害あって一利なしと祖父は判断した。

何度も病院行きを頼みこむ祖母の願いを制し、祖父はそのまま床へと入ってしまった。父も母も運転免許は持っていたから、祖母を乗せて病院へ向かうことはできた。

しかし、家長である祖父が否と判断をくだした以上、もはやどうすることもできない。祖母も最後には状況を鑑《かんが》み、不本意ながらも大人しく床へ入ったのだという。

祖父母の就寝に伴い、父と母、曾祖母も次々と床に就いた。

曾祖母は自室へ戻り、父は屋敷の中座敷に布団をとって横になった。母は赤子の私が夜泣きをするといけないからと、居間に布団をとって眠りに就いた。

おのおのがそれぞれの部屋の電気を消してまもなく、戸外に雨が降り始めた。

雨は初め、ぱらぱらとまばらな水音を屋根瓦《やねがわら》に響かせていたが、そのうちだんだんと勢いを増していき、やがてけたたましい雨音を打ち鳴らす豪雨と化した。

家中を叩《たた》きつけるような激しい雨音を耳にしながら、父は中座敷のまんなかでひとり、布団にくるまり横臥《おうが》していた。天井には橙色《だいだいいろ》のナツメ球が小さく幽《かす》かに灯《とも》っている。

つい先ほどの件もあり、父はなかなか寝つくことができずにいた。危篤中の祖母の姪は、父も交友のある娘だった。彼女の安否自体も気がかりだったし、かわいがっていた姪の最期を看取《みと》ることのできない祖母も、不憫《ふびん》に思えて仕方なかった。まぶたを閉じ、つらつらそんなことを考えていると、そのうち激しい雨音に混じって妙な物音が聞こえてくることに父は気がつく。

耳を澄まして聞いてみると、どうやらそれは人間の足音である。屋敷の門口よりはるか向こう、ゆるやかな上り坂を駆けあがってくる何者かの足音。ただし、その歩調はひどく遅い。

たっ……たっ……たっ……たっ……と、まるで弱った身体に鞭《むち》を打ち、必死の思いでようやく駆け足になっているかのような、そんな弱々しい足音である。

なんだか足音を聞いていると、ひどく哀しい気持ちになった。

そこで父は、足音の主が誰であるのか分かったのだという。

その瞬間、家中にバチィーン！　と鋭い音が轟《とどろ》いた。とたんに天井のナツメ球が消え、視界が一面、真っ暗闇に包まれる。

ブレーカーが落ちたのだった。

夜中だし、電気が消えていても特別大きな問題はない。だが、明かりが完全に絶えた家内は、想像を絶するほどに暗かった。

加えて戸外からは相変わらず、あの物悲しい足音が聞こえてくる。

足音の主が誰なのか分かっていても、父の背筋はおのずと冷たくなっていった。

意を決して布団から起きあがると、父は四つん這《ば》いになりながら中座敷を抜けだした。

ブレーカーは台所にあった。中座敷からは、廊下の向かい側にある居間を経由すれば最短でたどり着くことができる。

四つん這いのまま廊下を渡って居間の障子を開けると、母も眠れずに起きていた。

外では未《いま》だ、たっ……たっ……たっ……たっ……という、あの足音が聞こえてくる。

母の耳にも、足音ははっきりと聞こえていた。けれども、足音の主や詳細については父も母も互いに多くを語ることはなかった。

雨の中に足音が聞こえて、すでに十分近くが経っている。いくら歩調が遅いとはいえ、足音は遠ざかることもなければ、近づいてくる気配も感じられなかった。

だからこれはきっと、そういうものなのだろう。そっとしておくのがいちばんなのだ。

父も母も無言で口裏を合わせたかのように、足音についてそれ以上の詮索《せんさく》はよした。

代わりに父は台所へ向かい、ブレーカーをあげ直した。

台所のナツメ球が無事に灯ると、ようやく少し気息が安らぐ。そのまま居間へ戻って電気をつけ直し、父は母に声をかける。その直後だった。

再びバチィーン！　と鋭い音。同時に家中がまたしても暗闇に包まれた。

そこへ家の奥から、ばたばたと大きな足音が響き始める。

戸外を駆ける足音の主ではない。異変に気づいた祖父と祖母の足音だった。

祖父は何やら上擦《うわず》った声をあげながら、台所のブレーカーをあげ直した。再び家中に明かりが灯ると、祖父の顔は真っ青になっている。

そこへ曾祖母も血相を変えて起きてきて、何事があったのかと一同に尋ね回した。

そのさなかにも、たっ……たっ……たっ……たっ……と、あの足音が聞こえてくる。

祖父も祖母も曾祖母も、ブレーカーが落ちたことに動揺しているのではないのだった。三人の様子をひと目見ただけで、父は瞬時に察することができた。

あえて誰も口にこそしなかったが、皆、耳が外へと向いていたからである。

その後も足音は、父が眠りに就くまでの間、機関銃のように耳障りな雨音に混じって、遠くから静かに物悲しく、たっ……たっ……たっ……たっ……と聞こえ続けたという。


翌朝、郷内の家に姪の訃報《ふほう》を告げる連絡が届いた。

姪が亡くなったのはちょうど、郷内家の戸外に足音が聞こえ始めた頃だったという。


「あの晩、無理にでも祖母《ばあ》さんを姪の待つ病院に連れていってやればよかった……」

話を語り終えたのち、父は小さくつぶやいた。

今生の終わり。残された最後の生命を振り絞るようにして、大好きだった祖母の許《もと》へ駆け寄ってくるあの足音のいじらしさを思いだすたび。その姿を思い浮かべるたび。父は未だに胸が締めつけられるのだという。

また逢う日まで

前話「豪雨の晩」を父から聞かされたあと、「こんなのは初めてじゃないんだよ」と、母からさらに聞かされたのが、この話である。

母が小学校四年生の頃だった。

夜中、自室で眠っていたところへ突然、どおおおん！　と凄《すさ》まじい轟音《ごうおん》が鳴り響いた。まるで巨大な岩か何かが、天から降り落ちてきたかのような音だったという。

驚いた母が布団から跳ね起きると、隣で寝ていた母の妹も真っ青になって飛び起きた。もしかしたら、庭に隕石《いんせき》か何かが落ちてきたのかもしれない。

ばくばくと高鳴る鼓動を抑えながら、姉妹ふたりで部屋から抜けだし、廊下の窓から庭の様子を覗《のぞ》き見る。けれども母の目から見る限り、庭には何も異変は見当たらない。

そこへ祖父と祖母、当時まだ在世だった曾祖父《そうそふ》と曾祖母も、廊下へ出てきた。

みんな先ほどの轟音を聞きつけて、布団から起きだしてきたのだった。

一体、何があったのかと一家で首をかしげる中、曾祖父が唐突にこんなことを言った。

「ああ、ヒトシさんが来たんだな……」

ヒトシさんというのは、郷内家の近所に住む曾祖父の古くからの友人である。

彼はこの当時、重い病に臥《ふ》せっており、長い間、入院生活を送る身だったという。

ヒトシさんは、母もよく知る人物だったので「どこにいるの？」と母は尋ねた。

それに対して曾祖父は何も答えず、なんだかひどく寂しそうな顔色を浮かべながら、再び床へと戻っていったのだという。


翌朝、ヒトシさんが亡くなったという報《しら》せが郷内の家に届いた。

時刻はちょうど、母たちが凄まじい轟音を聞きつけた、まさにあの時間だったという。


昔から郷内家では何度もこんなことがあったのだと、母はおだやかな声色で語った。

真冬の晩、屋敷の居間に白い蝶《ちょう》が迷いこんできたかと思えば――。

あるいは深夜、寝ている額を誰かにそっとなでられれば――。

翌日には決まって、親しい身内や近所の人の訃報が入る。

けれどもそれは決して怖いことではない。親しい人が最期の挨拶《あいさつ》にやって来るだけ。

また逢《あ》う日まで――と。

ただそれだけのこと。本当はとても優しいこと。

ごくごく当たり前のことなんだよと、母は私にとうとうと語り聞かせてくれた。

ゆめかまぼろしか

そんな母も一度だけ、身内の死に関して恐ろしい思いをしたことがある。

ヒトシさんの一件があった翌年。母が小学五年生の時の話だという。

その年、曾祖父の弟が糖尿病の長患いの末、亡くなった。名を殿生《とのお》さんという。

彼は長年、郷内家の農作業を手伝っていた人物で、誰からも親しまれる好々爺《こうこうや》だった。

母も幼い頃から、とてもかわいがってもらっていた。楽しい思い出もたくさんあった。

だから殿生さんとの別れは、取り分け悲しいものだったという。

その殿生さんが亡くなってしばらく経ったある晩、母は夢を見た。

夢の中で母は尿意を感じて目を覚まし、布団を抜けてトイレに向かった。

当時の郷内家はまだ、祖父の代で豪奢《ごうしゃ》な屋敷に建て替える以前の古びた一軒家だった。

トイレは庭先にしかなく、用を足すためには母家から外に出なければならない。

玄関を抜けて月明かりを頼りに、母家の斜め向かいに立つトイレを目指して母は歩く。

勝手知ったる我が家とはいえ、夜遅くに独りでトイレへ行くのは、やはり少し怖かった。

そろそろとした足どりで、トイレへ向かって慎重に歩を進める。

ほどなくして、トイレの近くまでたどり着く。

トイレの入口は、母家に対して反対向きの方角にあった。用を足すには建物の裏から外壁を伝い、角を曲がって正面の入口まで行かなければならない。

外壁に貼りつくようにして進み、正面側に続く角を曲がろうとした時だった。

曲がり角から突然、亡くなったはずの殿生さんがぬっと上半身を突きだしてきた。

殿生さんは笑っていた。

ただし、その笑みは生前の親しみ深い柔和なものとは、まるで異質なものだった。

両目を丸く剝《む》きだし、開いた口から白い歯の全てを見せつける、不穏で邪悪な笑い顔。見た目こそ殿生さんその人だったが、顔に浮かんだその表情は、まるで何か別の者と中身が入れ替わってしまったかのような印象を、母に強く抱かせるものだった。

殿生さんの凄まじい迫力にすっかり当てられてしまった母は、金切り声をあげるなり、そのまま意識を失ってしまったのだという。

——と、ここまでのくだりが、母の見た夢のあらましである。

幼い頃から何度も繰り返し聞かされてきた話だったので、この母の夢物語に対しては私自身も長い間、さして強く意識することはなかった。

ただ最近になって、私の中にふとした疑問が生じてしまう。

母はこの話をするたび、まるで常套句《じょうとうく》のように「これは夢の話だから」と前置きする。ところが「夢の話だから」と言うくせに、母には夢から覚めたあとの記憶が一切ない。その反対に〝夢の中で〟尿意を覚えて目覚める記憶は、しっかり残っているのだという。

加えて夢の中の出来事にしては、話の起承転結やディテールがあまりにも緻密《ちみつ》過ぎる。母の語り口はあくまでも流暢《りゅうちょう》で、夢で見た話を他人に語り聞かせる時のような茫漠《ぼうばく》さはまったく感じられないのだった。

加えてもうひとつ。「これは夢の話だから」と、わざわざ前置きするにもかかわらず、母がこの話を語るのは、決まって家族で語り合う怪談話の席なのである。

これら三つの矛盾点を意識したうえで、母から改めて同じ話を聞いてみた。

結果、あからさまなまでの違和感を私は覚えてしまう。

「それは夢じゃなくて、本当にあったことなんじゃないの?」

私が探りを入れてみると、母はわずかに顔色を曇らせ、それから深く蒼《あお》ざめた。

だが、それでもやはり「これは夢だから」と言い切り、母は結局譲らないのだった。

かつて「身内が化けても怖くはない」と私に語り聞かせた母である。そんな価値観を唯一覆してしまった殿生さんとの邂逅《かいこう》を母は夢だと信じ、割りきろうとしている。

蒼ざめた母の顔色を見ながら、私はそのように感じられて仕方がなかった。

白い童女

私が小学校低学年の頃、祖父からこんな話を聞かされた。

昭和の初めあたり。祖父が尋常小学校四年生の時の話である。

季節はおそらく春か夏。場所は昭和零年代の我が家、柊木《ひいらぎ》家であるという。

ある夜、尿意を催し目覚めた祖父は、母家の外にある廁《かわや》へ向かうべく布団を出た。

勝手口を開け家を出ると、空には銀色に輝く満月が浮いていた。空には雲ひとつなく、墨色に霞《かす》んだ野山を煌々《こうこう》と照らしつけている。

闇夜を歩くには快適な晩だった。月明かりに照らされた前庭を横ぎり、廁へ向かって祖父は歩調を速める。

そこへ祖父の目が、視界の隅に何かをとらえた。

反射的に視線を向けた先は、門口の斜向《はすむ》かいにある広々とした畑である。畑も銀色の月光にさらされ、等間隔に盛りあがった土の輪郭を露《あらわ》にしていた。

しかし、祖父の目がとらえたのは畑自体ではなかった。

厳密には畑のまんなかに立つ、小さな白い人影のほうだった。

そっと目を凝らし、人影に焦点を当てると、それは白い着物を着た童女だったという。背恰好《せかっこう》から判断して、年頃はおそらく四歳か五歳。髪は長く、両肩から胸元にかけて太い髪筋が一対、白い着物の上にふさりと垂れかかっている。

童女は道路を隔てた畑地から、祖父の顔を静かにそっと見つめていた。

祖父の立つ自宅の庭と畑は、およそ二十メートルの隔たりがある。いかに月明かりがまばゆいとはいえ、闇夜の中で遠くはひどく朧《おぼろ》に見える。畑の土の盛りあがりも月影を帯びて視認することはできたが、それだけだった。その仔細《しさい》までは杳《よう》として知れない。

ところが童女の姿は違った。

まるで彼女の肌身だけが日光を浴びているかのように、像を結んでくっきりと見える。その鮮明さは童女の顔の細部に至るまで、つぶさに確認することができるほどだった。小さな顔に表情はなかったが、顔色は紛《まご》うかたなき人間のそれである。色白の柔肌をほんのりと透かして染める、桜色の血の巡り。その健全たる血色に、人ならざる気配を感じることは皆無だったという。

一瞬、お化けかと思って身構えていた祖父の身体から、すっと緊張の糸がほぐれた。

では一体、あの子はどこから来たのだろう。

不思議に感じて、畑のほうへと足を踏みだした時だった。

空《くう》を切り裂く鋭い絶叫とともに、横殴りの突風が祖父の身を襲った。風は庭の植木や草花を激しくざわめかせ、祖父の身体を揉《も》みしだくように吹き抜けていく。

突風に身体をさらわれないよう、両足を地べたに固く踏みしめているさなかだった。視線が再び畑へ向いた瞬間、祖父の全身からざっと血の気が引く。

童女は未《いま》だ微動だにせず、無言で屹立《きつりつ》したまま祖父の顔を見つめていた。

辺りには相変わらず、幼い祖父が転げそうなほどの強い風が吹いている。それなのに自分よりも年下とおぼしきこの童女は、足を踏んばるでもなければ身が揺れるでもなく、先ほどとまったく同じ姿勢のまま、祖父をまっすぐに見据えている。

よく見ると、長い髪すらも微動だにしていなかった。

黒髪の一筋すら揺らがず、この強風の中、無言で屹立する彼女の異体を確認した瞬間、祖父は一目散に母家へ向かって駆け戻ったのだという。

冬柳

私が少年時代を過ごした昭和末期から平成初めの年代には、家族や親類縁者以外にも、周囲に怖い話をしてくれる人がたくさんいた。

農家のおじさん、おばさんや、土地の古老、寺の住職、果ては学校の先生に至るまで。それぞれ立場や境遇は違えども、彼らのいずれにも共通していたのは、何かのはずみでこうした話を始めると、まるで熱に浮かされたように夢中になって語り倒すということ。加えて、語られる話がとびきり恐ろしく、楽しいものであったという点である。その語り口の鬼気迫る舌力たるや、幼い子供相手にも一切の手加減がないというほど、堂に入ったものだった。肝っ玉の小さい子供など、泣きだすほどの始末である。

怖いもの、危険なものから子供たちを遠ざけよう。そんな子育ても増えた現代に比べ、私が育ったあの年代は、なんとのどかで素敵だったのだろうと、今にして深く感じ入る。狐狸《こり》妖怪《ようかい》にまつわる不思議な話もたくさん聞いたし、今や古式ゆかしい装いとなった白装束の女幽霊が登場する恐怖譚《たん》も、数えきれないほど聞かされた。

私の家族から語り聞かされた奇怪な話に続き、以下に八話、私が幼いみぎりに周囲の大人たちから語り聞かされた話を紹介していきたいと思う。

野山《のやま》さんという林業を営む老人が、まだ若かりし頃。昭和の初め頃の話である。
ある冬の晩、火の用心のため、野山さんが町内を巡回していた時のことだった。
凍《い》てついた夜道を歩いていると、ふと前方に白い人影がぼおっと浮かんで見えた。
白い着物を着た、若い女だったという。
女は民家の門口に植えられた柳の下に、深々と項垂《うなだ》れて佇《たたず》んでいた。
季節柄、柳は葉の大半が散り落ち、細い枝木をしだれさせて冬の夜風に揺れている。
樹下に佇む女の姿もまた、枯れた柳の様子に相通じるものがあった。
頭《こうべ》を垂れた脳天からそよぐ、細い黒髪のうねり。がりがりに痩《や》せ衰えた身体の線。
頭上に揺れ動く冬柳は、見ようによっては女の作る巨大な影のようにも感じられた。
女と柳の織りなす異様な光景に心を奪われるさなか、野山さんははたと思いだす。
柳の生えるこの民家は、数年前に若い娘が長患いを苦に、自ら首をくくった家だった。
彼女が死んだ時期もちょうど今頃、真冬の寒々とした晩のことだったはずである。
恐怖よりもむしろ、強い憐《あわ》れみを感じたという。
野山さんは、柳の樹下に佇む女に合掌すると、その場を静かに立ち去った。

——幽霊は、冬でも現れる。それも、枯れた柳の下にでも平気で現れるもんなんだ。
当時を思い返しながら感慨深げに語る野山翁が、とても印象的だった話である。

トシコさん

太平洋戦争が終わった数年後。昭和二十年代半ば、真夏の話だという。

油照りの炎天下、主婦の希恵《きえ》さんが自家の畑で野良仕事をしていた時だった。

眼前の砂利道へ何気なしに顔をあげたとたん、ぎょっと目を瞠《みは》ることになった。

胸から下のない女が、両腕を足代わりにして突っ立ち、白昼の路上を歩いている。

女は希恵さんの近所に住んでいた、トシコさんという名の女性だった。

しかし、彼女は戦時中に都市部の商家へ嫁ぎ、空襲で亡くなったと聞かされている。

現にトシコさんの着ている衣服はぼろぼろで、ところどころが薄黒く焼け焦げていた。

胸の辺りは真っ赤な血に染まり、顔にも乾いた血がぷつぷつとこびりついている。

上だけ半分のトシコさんは、か細い両腕をずんずん突きだして、陽炎《かげろう》ゆらめく真夏の砂利道を一心不乱に進んでいく。

道の先のどん詰まりは、彼女の実家がある場所だった。

この日、トシコさんの姿を目撃したのは、希恵さんだけではなかった。希恵さんと同じく、自家の田畑や庭にいた近所の住人たちが、両腕を使って道を歩くトシコさんの姿を目の当たりにしている。目撃者はまとめて、七名にものぼった。

一体、何事が起きたのか。みんなでトシコさんの実家を訪ねてみると、家内の仏間で彼女の両親が泣きながら手を合わせる姿があった。

聞けばその日は、トシコさんが空襲で亡くなったまさにその日だった。

本来であれば今日が娘の七回忌なのだが、娘の結婚後まもなく、トシコさんの両親は嫁ぎ先の商家から理不尽な言いがかりをつけられ、絶縁を言い渡されていた。おかげで娘の葬儀にすら参列させてもらえず、ずっと悲嘆に暮れていたのだという。

風の噂によれば、トシコさんは嫁ぎ先で奉公人同様の粗雑な扱いを受けていたらしい。夫は妾《めかけ》を何人も囲い、放蕩《ほうとう》暮らしを続けていたことも、両親の耳に入ってきていた。嫁として絶望的な結婚生活を送った挙げ句、無慈悲な空襲によって人生を閉ざされた娘の気持ちとは、果たしていかばかりのものだったろう。

それでも娘は、芯《しん》の強い子だった。商家の嫁として、死後も嫁ぎ先に留《とど》まったのだ。そうしてずっと我慢して、七回忌を迎えた今日、ようやく実家に戻ってきたんだろう。

トシコさんの両親はそのように結んで、人目もはばからず泣き崩れた。

その場にいた希恵さんたちも涙を流し、トシコさんの冥福《めいふく》を仏前に祈ったという。

逆さ稲荷

同じく戦後。昭和三十年代頃の話と聞いている。

農家を営む伊野《いの》さんがまだ若かりし頃、こんな体験をしている。

その夜、伊野さんは翌週に控えた秋祭りの下準備のため、村内の神社に出向いていた。

作業を終えて家路をたどる頃には、すでに夜もだいぶ遅い時間になっていたという。

月明かりを頼りに暗い田んぼ道をとぼとぼ歩いていると、ふいに背後からひたひたと、忍びのこもった足音が聞こえてくる。

怪訝《けげん》に思い振り返れば、痩せぎすで妙に身体の長い狐が一匹、伊野さんの背後にいた。

狐は伊野さんの足元にぴたりと貼りつくようにして、こちらをじっと見あげている。

気味の悪い邂逅《かいこう》だった。「しっ！」と狐を一喝すると、再び家へと向かって歩きだす。

ところが狐はまったく動じる気配がなく、なおもひたひたとついて来る。

「おい、あっちへ行け！」

あまりのしつこさにかっとなり、振り向きざまに思いっきり地面を蹴《け》りあげてやる。

乾いた土ぼこりが派手に舞いあがり、狐の鼻面をずさりと諸《もろ》に直撃した。

ざまあみろ。ふんと鼻を鳴らして再び踵《きびす》を返す。そこへ。

「よこせ」

突然、背後の足元から嗄《しわが》れた男の声が聞こえた。

ぎょっとなって振り返ると、狐が細い目をさらに細めて「くふふ」と笑った。

「うわっ！　化け物！」

肝を潰《つぶ》して夜道を駆けだすと、狐もあとから猛然と追ってくる。

「よこせ」

伊野さんのうしろにぴたりと貼りつくようにして、再び狐が口を開く。

「来るな！」

「よこせ」

「来るな！」

「よこせ」

必死で逃げる伊野さんをしぶとくつけ回し、狐はなおも「よこせ」と繰り返す。

「何をだ！」

痺《しび》れを切らして尋ね返した瞬間、小脇に抱えた風呂敷《ふろしき》包みの中身を思いだす。

「そうだ、それだ。それをよこせ」

まるで伊野さんの心中を見透かしたかのように、狐が言った。

「嫌だ！　絶対に嫌だッ！」

ありったけの声を張りあげ、伊野さんは絶叫した。

包みの中身は帰りしな、祭りの準備のねぎらいにとよこされた稲荷寿司《いなりずし》だった。

この稲荷寿司は、家で帰りを待っている四人の子供たちへの大事な手土産でもあった。

祭りの準備の晩には、かならず稲荷寿司をよこされることを子供たちも知っている。

もしも手ぶらで帰ったら、どれだけあいつらを悲しませることになるか。

しょぼくれた子供たちの姿を思うと、伊野さんは意地でも渡すまいと腹をくくった。

「よこせ」

「嫌だ！　寝ぼけたことを抜かすんじゃねえ、このバカ狐が！」

しつこく稲荷寿司を要求する狐を、伊野さんはさらに語気を荒らげて怒鳴りつける。

「さよか。ならばもうよい。もういらん」

とたんに狐がぴたりと足を止めたので、思わず伊野さんも立ち止まってしまった。

見ると狐は道のまんなかにちょこんと座って、伊野さんの顔を見あげていた。

「せいぜいめんこがれ。くふふ」

目を細めて笑うと狐はそのまますっと、闇夜に溶けるように消えてしまったという。


それからおよそ半時ほど。

まさしく言のとおり、狐につままれたような心境で、伊野さんは自宅へ舞い戻った。

狐の一件を奥さんに話そうかと迷ったが、「酒でも喰らって酔ってきたんだろう」と言われるのが癪《しゃく》で、黙っていたという。

風呂敷から稲荷寿司の入った包みをだすと、待ち構えていた子供たちが「わっ！」と歓声をあげ、伊野さんから包みを受け取った。

ところが包みを広げたとたん、子供たちの顔からみるみる笑みが消え失《う》せていった。

何事かと思い、包みを覗《のぞ》きこんだ伊野さんも、たちまち顔が蒼《あお》ざめる。

包みの中には皮がなくなり、丸裸になった酢飯ばかりがぎっしり並んでいたという。

「父ちゃん、これどうしたの……？」

半べそをかきながら、子供たちが次々と伊野さんにすがりつく。

「あの野郎、やりやがったな……」

先刻の狐の顔を思いだし、伊野さんははらわたの煮えくり返るような思いに駆られた。裸の稲荷をむんずとつかみあげ、忌々しげにかじりつく。

「んあ？」

たちまち口中にじゅわっと強い甘味が広がるのを感じた。

見れば、消えたと思っていた稲荷の皮が、酢飯の中にぎゅっと丸まり、詰まっていた。

その様子を見ていた子供たちも、他の稲荷寿司に次々と喰らいつく。

やはり同じく、酢飯の中に甘い皮がぎゅっと圧縮されて、詰まっていたという。

「あの野郎。腹いせにきっと、こんなことをやりやがったんだな……」

稲荷寿司を夢中で頬張る子供たちを眺めながら、伊野さんはやれやれとひとりごちた。

坊ちゃん

同じく今から五十年ほど昔、農家の松下《まつした》さんが幼い頃に体験した話である。

小学三年生の秋。日暮れ近くまで友達と遊び、独りで家路をたどる途中だったという。

自宅へ続く田んぼ道を歩いていると、突然どこからか「坊ちゃん！」と叫ぶ声がした。

妙に甲高い、男なのか女なのかよく分からない声だった。

しかし、声は広い田んぼの隅々まで響くような大きなものだったという。

立ち止まってきょろきょろと辺りを見渡して見る。けれども声の主はどこにもいない。

変だなあと思いながら、再び歩きだす。すると。

「坊ちゃん！」

また同じ声で叫ばれた。

今度は急いで辺りをぐるりと見回し、声の主を懸命に捜した。が、周囲には黄金色に輝く稲穂の海がどこまでも広がるばかりで、やはり誰がいるわけでもない。

「坊ちゃん！」

今度はうしろから声がした。あわてて背後を振り返る。すると一瞬、稲穂の海の中に何かがさっと頭を引っこめたのが、かろうじてだが見てとれた。

やっぱりいる。

田んぼの中を注意深く睨《にら》みつけると、松下さんは次に備えてじっと身構えた。

「坊ちゃん！」

しかし、声はまたしてもうしろから聞こえてきた。すかさず振り返るも、稲穂の中にぼすっと頭を引っこめる影が、ほんのわずかに見えただけだった。

ここで松下さんは、もしかして……とひらめき、今度は田んぼのほうに身体を向けず、正面の田んぼ道に向かってまっすぐに立ってみた。

数秒後。

「坊ちゃん！」

松下さんのすぐ真後ろで声がした。そら来た！　と思い、勢いぼっと振り返る。

田んぼ道のまんなかに丸々と肥えた狸が一匹、あんぐり口を開けて突っ立っていた。

狸は一瞬、硬直していたが、すぐにはっとなって我に返ると、二本の脚でわたわたと稲穂の海の中へ消えていったという。

首吊り小屋

昭和三十年代の終わり頃、大倉《おおくら》さんの実家の近所に小さな木小屋が建っていた。

広々とした田園地帯の片隅、猫の額ほどの狭苦しい敷地の上に佇立《ちょりつ》するこの木小屋は、その昔、農機具を保管するために使われていたものだという。

――ところがある時、地元の青年がこの木小屋の中で首を吊《つ》って息絶えた。

原因は男女の交際のもつれとも囁《ささや》かれたが、現場から遺書は発見されなかった。

青年の縊死《いし》からさらに数年が過ぎた頃、この木小屋で今度は若い娘が首をくった。

地元の口さがない連中は、この娘こそが件《くだん》の青年のひそかな交際相手だった、などと面白おかしく騒ぎたてた。だがその実、証拠となるものは何もなかった。

この娘も遺書を残していなかったのである。娘の死の真相は、結局不明のままだった。

娘の死から半年ほどが過ぎた頃から、この木小屋に幽霊が出るとの噂がたった。

目撃者の証言によれば、田んぼ仕事の終わった日暮れ時、農機具を片づけに木小屋へ入ると、木小屋の中で若い男女が首を吊った状態で揺れているのだという。

初めのうちは与太話と笑い飛ばしていた周囲も、ほどなく口をつぐむようになる。

日を追うごとに目撃者が増えたからである。増加する目撃者の中には、初めの証言を笑い飛ばしていた者さえいた。

地元の住民は、しだいにこの木小屋の存在自体を忌み嫌うようになった。

幽霊騒ぎの勃発《ぼっぱつ》から数ヶ月後、木小屋は住民たちの手によって跡形もなく解体された。

木小屋の解体後、更地となった狭い土地は、背の高い青草にたちまち覆い尽くされた。

その後は幽霊が目撃されることもなくなり、住民たちもようやく胸をなでおろした。

幽霊が出なくなった代わりに、この土地には一本の樫《かし》の木がいつのまにか伸び始めた。

木は目まぐるしい生長を見せ、十年が過ぎる頃には人の背丈の倍ほども伸びた。

ただ、この木を誰が植えたものなのかは、誰にも分からなかったのだという。


木小屋の幽霊騒動から十数年が経過した、昭和五十年代初めの夏。

自家の畑仕事が終わった日暮れ時、大倉さんが件の樫の木にふと目を留めると、太く伸びた木の枝に若い男女が三人、横並びになって首を吊っているのが見てとれた。

血相を変えて自宅へ駆け戻り、ただちに警察へ通報する。

ところが通報後、再び樫へと目を向けると、枝にぶらさがる遺体は一体しかなかった。

結局、遺体として発見されたのは近所に住む二十代の若い主婦だけだった。

遺書はやはり、見つからなかったという。

恩人

主婦の瑞穂《みずほ》さんが結婚後、夫の実家で暮らし始めたばかりの頃。

夕方、台所で天ぷらを揚げていると、ふいにうしろから「やめろ」と言われた。

振り返ると、藍色《あいいろ》の着流しを召した白髪の老人が、瑞穂さんのすぐ目の前にいた。

見たことのない老人だった。思わず「きゃっ！」と悲鳴をあげると、声を聞きつけた義理の両親が台所に飛びこんできた。

とたんに義父が「あっ！」と叫んで、目を瞠《みは》る。

老人は義父母の登場に眉根《まゆね》ひとつ動かすことなく、代わりにさっと身をひるがえすと、勝手口から外へと向かって風のように走り去っていった。

「待って！」と叫びながら、すぐさま義父がそのあとを追う。義母も義父に続いたので、瑞穂さんもコンロの火を消し、ふたりのあとを追った。

一同が勝手口を出た直後、底からずんとくるような衝撃が、突然三人を襲った。

続いて大地が割れんばかりの凄《すさ》まじい揺れ。まともに立っていることさえできない。

それは瑞穂さんが今まで経験したことのないほどの、強い地震だった。

背後でぎぃぎぃと耳障りな音がすると思ったら、家が右へ左へ斜めに傾《かし》いでいた。

「崩れる！　家から離れろ！」

義父の放ったひと声に一同、倒《こ》けつ転《まろ》びつ急いで家から遠ざかる。

まもなく盛大な地響きをたてながら、家はぺしゃんこになって崩れ落ちた。

揺れが完全に収まると、婚家は母家のみならず、外塀や庭木までもが倒壊していた。

遠くではパトカーや救急車のサイレンが聞こえ始め、一家に被害の甚大さを予感させた。

「そう言えばあのお年寄り、誰だったんでしょう？」

気分も少し落ち着いてきた頃、瑞穂さんが義父母に尋ねる。

ふと気づいてみると、老人の姿はもうすでにどこにも見えなくなっていた。

「俺の親父だよ」

ぼそりとつぶやいた義父の言葉に、瑞穂さんはようやくはっとなる。

言われてみると確かにそうだった。先ほど台所に現れた老人は、仏間に飾られていた義父の父親の遺影に瓜《うり》ふたつだったのである。

「親父が守ってくれたんだな」

空を見あげてぽつりとつぶやくなり、義父ははらはらと涙をこぼした。

その後、仕事に出ていた瑞穂さんの夫も無事に戻り、一家は全員、事なきを得ている。

昭和五十三年六月十二日。宮城県沖地震が発生した日の出来事である。

漂流

昭和の終わり頃だったという。

当時、市街で数軒の飲食店を経営していた鷲足《わしあし》さんが、こんな体験を話してくれた。

その年の初夏。夜半頃から、鷲足さんの住む地域一体を激しい暴風雨が襲った。

雨風は一晩中吹き荒《すさ》び、のどかな田園風景を苛烈《かれつ》なまでに蹂躙《じゅうりん》し続けた。土砂災害や河川の氾濫《はんらん》も発生し、消防のサイレンが遠くから一晩じゅう聞こえ続けてきたという。

翌日の朝。雨風の勢いが弱まったのを見計らうと、鷲足さんは店の様子を見回るべく、助手席に奥さんを乗せて市街へと車を走らせた。

通い路に使っている川沿いの土手道へとあがり、鈍色《にびいろ》に陰った空の下を猛然と飛ばす。川面《かわも》を見やれば、堤防のぎりぎりまで増水した川水が、激流となってうねっていた。

そこへふいに助手席の奥さんが「あっ、人が流されてる！」と叫びをあげた。

ハンドルから身を乗りだし、濁った川面に目を凝らすと、確かに荒れ狂う川面の中に人の頭がひとつ、浮いては沈み、浮いては沈みを繰り返していた。

どうやら女であるらしい。年の頃までは判然としないが、長い黒髪が濁流に揉《も》まれて千々に乱れ、顔色は遠目から見てもすっかり血の気が失《う》せて真っ白になっている。

「上流から流されてきたのかな……。警察に連絡しないと」

奥さんが震え声で悚然《しょうぜん》と訴える。だが奥さんの言葉に、鷲足さんは渋面を作った。

今のように携帯電話などなかった時代の話である。

単に警察へ通報するといっても、手近な公衆電話を探しだすか、民家を訪ねて電話を借りるなりしなければならない。

そのいずれを選ぶにしても、それ相応の手間と時間を要することだった。

川沿いの土手道ということもあって、あいにく周囲に公衆電話など見当たらなかった。かといってどこかの民家へ向かうにも、一旦《いったん》土手道をおりなければならない。

鷲足さん自身はそんなことよりも、自分の店のことのほうがはるかに気がかりだった。

もう一度川面に目を落とし、女の様子を注意深くうかがってみる。

女は相変わらず、激しくうねる川面に頭を沈めては浮かべ、沈めては浮かべを反復し、まるで微動だにせぬまま、下流へ向かって流されていくところだった。

――あれが生きているとは、到底思えない。

断定した鷲足さんは、非難の言葉を浴びせる奥さんをなだめ、土手道を走り抜けた。

その後、半日がかりで市街の店を全て回り歩いた。幸い、どの店も大きな被害はなく、安心したふたりはまもなく家路に就いた。

帰り道、女を見かけた土手道に再び差しかかる。

ふたりでもう一度、川面を覗《のぞ》いてみたが、女の姿はもうどこにも見当たらなかった。

その晩のことである。

寝ていた鷲足さんの枕元の畳が突如、ばん！　と大きく打ち叩《たた》かれた。

驚いて目を開けると、逆向きになった若い女の顔が、鷲足さんの目の前にあった。

逃げようにも身体が動かない。隣に寝ている奥さんに助けを求めようと口を開いたが、声すらだすことができなくなっていた。

女はびしょ濡《ぬ》れだった。泥水まみれの乱れた黒髪の間から、血の気のすっかり失せた白い顔を覗かせ、恨みがましい眼で鷲足さんの顔を睨《にら》み据えている。

黒髪の先から泥まじりの茶色い雫《しずく》がぽつぽつと滴り落ち、鷲足さんの顔に当たった。

「生きていたのにッ！」

突然、女の口ががっと開いて、凄まじい怒声を発した。

そのまま女の顔が鷲足さんの顔まで一気に迫ると、そこで意識がふつりと途切れた。

翌日の新聞に、地元の川から女性の溺死体《できしたい》があがったとの記事が、小さく掲載された。遺体が発見されたのは鷲足さんが昨日通ったあの川の、海へと続く河口付近である。

あの時すぐに助けを呼んでいれば、あるいは……。

今でも鷲足さんは、激しく悔やみ続けているのだという。

マヨイガ

建設会社を経営する辰巳《たつみ》さんが、こんな話を聞かせてくれた。

同じく、昭和の終わり頃の話である。

ある初夏の夕暮れ、奥さんから会社へ電話が入った。午前中に近所の山へ山菜採りに出かけた母が、未《いま》だ戻らないのだという。

「すぐに警察へ連絡する」という奥さんの意向を制し、辰巳さんは急いで自宅へ戻った。

辰巳さん自身も旬の時期には山菜採りをたしなんでいた。また、年老いた母とは違い、山のかなり奥まで分け入ってキノコを採ったりすることもある。

多少なりとも、山の地形にくわしいという自負があった。

警察の手をわずらわせる前にまずは俺が捜してくると、心配する奥さんを説き伏せる。

辰巳さんは支度を整えると、夕闇迫る地元の山中に単身乗りこんでいった。

山は標高四百メートルほどの低山。ただし、峰を中心に山として連なる面積は広大で、軽はずみに登れば遭難という最悪の事態に見舞われる。

実際、数年に一度の割り合いで山菜採りに赴いた年配者などがこの山で帰途を見失い、捜索隊の厄介になっていた。そのような事態だけは、是が非でも避けなければならない。

母の安否自体に加え、世間体もまた、辰巳さんを山に登らせる動機となっていた。

頭上高く生い茂る樹々の合間を通り抜け、母の痕跡《こんせき》を探りながら少しずつ進んでいく。

しばらく歩くと、タラの木が自生するポイントを発見した。

棘《とげ》だらけの枝木に生える芽は、人の手でいくらか間引かれた形跡がうかがえる。

間違いなく、母はここまで来ている。辰巳さんは確信し、再び周囲に目を光らせる。

その後もコゴミや木の芽を発見するたび、母が採取したとおぼしき痕跡が確認できた。

しかし、肝心要の母の姿は一向に見つからない。

果敢に捜索を続けていると、やがて周囲の視界がしだいに黒ずみ、ぼやけ始めてきた。

陽が暮れかけてきたのである。無心のまま、持参した懐中電灯に明かりを灯《とも》す。

そこから先は、あっというまだったという。

ふと気がついた頃には、もうすでに遅かった。辺りはいつしか墨をぶちまけたような漆黒と化し、懐中電灯の明かりなど気休めにもならぬほど、深い闇に包まれていた。

背筋がすっと冷たくなるのを覚えながら、元来た道を慎重にたどり直す。

けれども無駄だった。元より山中に道などない。自分が道だと思って歩いてきたのは、辺り一面が樹々に覆われ傾斜のついた、荒れ放題の地べたである。目印に記憶していた石くれや倒木も、今は濃い闇に呑《の》みこまれて何ひとつ見えなくなっていた。

しまった、と思った瞬間、絶望した。ミイラ取りがミイラになってしまったのである。

パニックになりそうな心を必死に抑えながら、辰巳さんはどうにか平静にと努める。

この期に及んで、やみくもに歩き回るのは危険だと思った。右も左も分からぬような
この状態でそんなことをすれば、さらに山の奥深くへと迷いこむ可能性がある。
ただそうは思えど、動かずにはいられない事情も、冷えきった肌身が知らせてもいた。
初夏とはいえ、夜の山中は異様に寒かった。
山へと分け入る際にはこれほど長居をするとは考えていなかったため、上着も春物の
薄手のジャンパーを一枚羽織ってきただけだった。
穴ぐらでも茂みでも、とにかくなんでもいい。とりあえずこの猛烈な寒気をしのげる
避難場所を探しだす必要がある。
判じた辰巳さんは、慎重な足どりで暗い山中を再び歩きだした。
ところが案に相違して、辰巳さんが望むような避難場所はどこにも見つからなかった。
穴もなければ茂みもない。その間にも身体は足元からしんしんと冷えこんでくる。
漠然とした焦りが、いつしか自暴自棄にも似た行動力へと転化した。避難場所を求め、
辰巳さんは血眼になって闇深い山中をさらにしぶとく練り歩いた。
再び我に返って腕時計を見ると、すでに深夜を回る時間になっていた。初めに遭難を
自覚した時から、気づけばもうすでに四時間以上も経過していた。
自分がどこにいるのかなど、もはや完全に分からなくなっていた。
身体は芯《しん》まで冷えこみ、長時間におよぶ彷徨《ほうこう》から足腰もくたくたに疲れ果てていた。
ああ、もしかしたらこのまま死ぬ。

今まで無意識に押し殺してきた死への懸念と恐怖が、この段に至って生々しく湧いた。

涙がほろほろと頬を伝い、口から勝手に嗚咽《おえつ》も漏れる。

不安と絶望に押し潰《つぶ》され、とめどなく溢《あふ》れる涙を袖口《そでぐち》でぬぐっているさなかだった。

前方の暗闇にふと、小さな光が見えた。

はっと我に返って目を凝らすと、密生した樹々の合間にやはり小さな光が確認できる。

わらにもすがる思いで、辰巳さんは光に向かって歩きだした。

樹々の合間を伝って二十メートルほど先へ進むと、光の正体がはっきりと見てとれた。

灰色のトタン壁に覆われた大きなプレハブ小屋。それが光の湧き出る源だった。

小屋には窓がなく、光が洩《も》れているのはわずかに開かれた入口のドアからだった。

助かったと思うと矢も楯《たて》もたまらず、声をかけながら辰巳さんはドアの前へと立った。

しかし、中から応答はない。

半分開いたドアをくぐって中へ入ると、煌々《こうこう》とした明かりが両目を激しく突き刺した。うめき声をあげながら目をしばたたかせ、どうにか前方へと視線を投じる。

小屋の内部は正面にまっすぐ伸びた廊下を起点にして、両側の壁にそれぞれ等間隔で四つずつドアが並んでいた。その他、廊下の行き止まりにもドアが一枚確認できる。

再び声をかけながら少し先へ進む。しかし、辰巳さんの声に応《こた》える者はやはりいない。

ノックをしながら入口にいちばん近いドアを開けてみる。中も明かりはついていたが、人の姿は見当たらなかった。

部屋の広さは八畳一間ほど。床は茶色いコンクリートパネル製。部屋の隅には小さな段ボール箱が数個置かれているのみで、中はほとんどもぬけの殻である。

他のドアも次々と開けてみる。しかし、中の様子に格別大差はなかった。

明かりのついた無人の部屋と、隅に置かれた段ボール箱や木箱。そんな光景が淡々と広がるばかりで、人の気配はおろか、生活感すらまるで感じとることができない。

全部で九つあるドアのうち、ひとつはトイレだった。三畳ほどのやや広いスペースのまんなかに汲《く》み取り式の和式便器がちょこんとひとつ、設《しつら》えられてある。

便器は汚れひとつなく、使われた形跡がまったくなかった。便槽の奥も覗《のぞ》いてみたが、やはり中身は空っぽのようで、かすかな臭気すら感じることがなかった。

一体、なんのために使われている小屋なのだろうと、辰巳さんは首をひねる。

何かの作業場や休憩所にしては、それらしい道具などが何ひとつとして見当たらない。そもそも人が出入りしているような形跡すらもない。

ただ、小屋の中に明かりだけはついている。だから少なくとも無人の空き家ではない。誰かが間違いなくこの小屋を使っていることだけは、疑いようがなかった。

持ち主が不在のまま、不法侵入のような形になってしまうが、この非常時においてはそんな気遣いをしている余裕などなかった。

誰かが戻ってきたら、事情を説明させてもらおう。

そう決めて、辰巳さんは手頃な部屋のひとつに入ってごろりと身を横たえた。

両足が身体を支える重みから解放されると、心地よい解放感と安堵《あんど》が全身に伝わった。寝具もないため少し肌寒かったが、それでも今の辰巳さんには十分だった。

しかし、疲弊した身体が少しずつ回復してくると、今度は部屋の明かりが気になった。眠気はあるのだが、部屋の明かりは煌々とまぶしく、眠りに集中することができない。

電気を消そうと思いたち、身体をゆっくり起きあがらせる。

続いて部屋の壁へと視線を泳がせ、スイッチの所在を探り始める。

ない。

壁の四方にくまなく目を光らせてみたものの、スイッチの類《たぐい》は見当たらなかった。ならば引き紐《ひも》式のスイッチかと思い、おもむろに天井を見あげてみる。

そこでようやく気がついたのだという。


天井には明かりを発するものなど、何ひとつなかった。


蛍光灯が取りつけられているでも、電球がぶらさがっているわけでもない。天井板はひたすらのっぺりとしていて、明かりになるようなものなど、何ひとつ存在しなかった。

はっと息を呑みつつ、部屋から廊下へ飛びだしてみる。

廊下も部屋の中と同じく、光源となるものは何もなかった。

他の部屋も次々開けてゆき、天井を仰ぎ見る。やはり光源など何もない。

しかし、それでも小屋の内部は煌々と、まるで昼間のように明るいのだった。

ここに至って、辰巳さんの口から唐突に「ぎゃっ！」と悲鳴がこぼれ出た。

そのまま転がるように外へと飛びだすと、真っ暗闇の山中を無我夢中で駆けおりる。

どこへ行き着こうと、もはや知ったことではなかった。

そんなことより、あの小屋から少しでも離れねば思った。山に迷ったことなどよりも、あんな場所へ迷いこんでしまったことのほうがはるかに恐ろしく感じられたという。

死に物狂いで山中を駆け続け、ようやく山を降りられたのは明け方近くのことだった。どこをどう歩いたのか定かではないが、不思議と下山した場所は昨日、山へ入った時と同じ場所だった。

半ば放心状態のまま帰宅すると、辰巳さんの帰りを寝ずに待っていた奥さんと母親が、泣きながら出迎えてくれた。

聞けば辰巳さんが山へ入った直後、母はほとんど入れ違いで下山したのだという。

その後も辰巳さんは山菜採りに山へ入る。

だが、あの得体の知れないプレハブ小屋にたどり着くことは二度となかったという。

便所奇譚

数年前、酒の席で弟と「幽霊や妖怪《ようかい》の類で、いちばん怖いのは何か？」という議論を交わしたことがある。互いに酩酊《めいてい》した頭をフル回転させ、ああでもないこうでもないと不毛な議論を重ね合った末、両者一致でようやく出た結論がこれである。

便所の手。

書いて字のごとく、便槽の中から突如として現れる謎の手の怪である。

私の育った地元では、便所の手に遭遇すると便槽の中に引きずりこまれるという話と、単に尻《しり》をなでられるだけという話の二パターンがあった。

ちなみに、この名を先に挙げたのは弟のほうである。

それを聞いた私は初め、「よりによって便所の手かよッ！」と笑ってしまったのだが、その後、弟と話を続けていくうち、割と短時間で得心してしまった。

大昔。私たちか、それより上の年代の子供たちにとって、便所の手と称される怪異は、確かに恐ろしい存在だった。それも当時の便所事情を鑑《かんが》みてみれば、便所の手の怪異は誰の身にでも起こりうる可能性を孕《はら》んだ、逃れようのない恐怖だったと思う。

今の時代の子供はもしかすると知らないかもしれないので、一応簡単に説明する。

昔の便所——とりわけ田舎の便所——というのは、現代のそれと違い、汲《く》み取り式が大半だった。それも便所は母家にではなく、母家の外にあるのが常だった。

幸い、私たちの世代では母家の中に便所が備えつけられた家庭が多くなり、我が家の便所もまさしくそうした造りの屋内型便所だった。

けれども、汲み取り式であることに変わりはない。用足しの前後、ふとしたはずみに便槽を覗きこめば、そこには底知れぬ暗黒が深々と口を広げていたものである。

そんな、子供心には恐怖の象徴とも言うべき暗穴から現れ出るのが、便所の手である。用を足している最中、あるいは用を足し終えた直後、時には用を足そうと便所の戸を開けた瞬間、それは唐突に現れる。

ただでさえ薄暗くて湿っぽく、不気味な雰囲気を醸しだしている昔の汲み取り式便所。しかも己の尻が丸だしという極めて無防備な状況下——こんなものに突然、尻っぺたをなでられたら、果たしてどんな気分になるだろうか。

ぜひとも目を閉じ、じっくりご想像いただきたい。しこたま呑《の》んで酔っ払いながらも、私たち兄弟が便所の手を一押しした理由が、きっとお分かりいただけると思う。

生き物というのは、排泄《はいせつ》中が最も無防備なのである。

——さて、便所にまつわる怪異といえば、私が通っていた地元の小学校にこんな話が伝わっている。

昭和三十年代、校舎がまだ木造だった頃の話である。

この時代、全国の学校には宿直という制度があった。警備会社や警報装置などという気の利いたものがなかった時代、教員が交代で夜の学校に泊まりこんでいたのである。

宿直時、担当教員は定期的に校内を巡回するのが常だった。

懐中電灯、ないしはカンテラに灯《とも》した薄明かりの中、暗々とした夜中の校舎を独りで歩き回る光景というのは、想像するだに怖気《おぞけ》を震わせるものがある。

どうか何も起きませんように、起きませんように——。

そんなことを祈りながら巡回に臨んだ教員は当時、全国に星の数ほどいたことと思う。ところが怪異とは往々にして、こうした極限的な状況において多発するものである。

我が母校に発生したのは、音における怪異だった。

真っ暗闇の廊下を怖々と巡回していると、ふいにどこからか甲高い鈴の音が鳴り響く。鈴の音はちりーんちりーん、と一定の間隔で鳴り続けるのだという。

音を聞きつけた教員は、恐怖のあまり卒倒しそうになりながらも、勇気を振り絞って音の出処を探り歩く。事態はどうであれ、宿直はれっきとした職務である。音の原因を特定し、対応しなければならないという義務がある。

聞き耳を立てつつ暗い廊下を進んでいくと、音の出処は便所だった。

一階廊下のどん詰まりに位置する男子便所。鈴の音は、薄い木板で区切られた個室の、どうやらいちばん奥から聞こえてくる。

恐る恐る便所の中へと足を踏みこみ、固唾《かたず》を呑みつつ奥の個室を開けてみる。

真っ暗な個室の中は、もぬけの殻だった。気配はおろか、人影すらも見当たらない。

けれども鈴の音は相変わらず、ちりーんちりーんと聞こえてくる。

ためらいながらも個室へ入り、深々と闇をたたえた便槽の穴ぐらを覗《のぞ》きこむ。

とたんに、ちりーんちりーん、と中から音。

ここで教員は状況を鑑み、便槽の中に誰かが落ちてしまったのではないかと考える。

「おい！　大丈夫か！」

声をかけながら便槽に光を当てる。が、闇が深過ぎて中の様子はまったく分からない。

恐怖が焦りに変わり始めるのを感じながら、便槽の暗闇へさらに鋭く目を凝らす。

と、その時だった。

ちりーん、ちりーん……。

今度は頭上から鈴の音が聞こえた。それも便所の天井を隔てた、さらに上からである。

音の主はいつのまにか、というより一瞬の間に、校舎の二階へ移動したようだった。

一体どうなっているんだ……と首をかしげるのと同時に、再び恐怖が蘇《よみがえ》る。

相手がこの世の者ではないと確信した教員は、そのまま一目散に宿直室へ駆け戻ると、布団をかぶってがたがたと震え続けた。

その間にも鈴の音は、校舎二階のはるか遠くから小さく静かに鳴り続けていたという。

件《くだん》の鈴の音は、その後も他の宿直教員たちがたびたび耳にすることとなった。

先の教員の体験談と同じく、便槽の底深くから聞こえていた鈴の音が、いつのまにか校内の別の場所へ移動しているという流れまで、怪異の大筋も共通していた。

私にこの話を聞かせてくれたのは小学時代、養護学級を担当していた老教師である。

老教師曰《いわ》く、一説には校舎が建てられる前、便所の場所には馬頭《ばとう》観音の石碑があった。断りもなく石碑を取り壊され、挙げ句は便所が建てられたことに馬頭観音が嘆き悲しみ、夜な夜な鈴を鳴らして校舎をさまよい歩くのではないか、という噂があったらしい。

ただ、馬頭観音の実在自体も含め、この説には異論を唱える者も多かったという。

語り手である老教師自身にも確証はなく、「こんな説もあったらしい」という説明で、彼はこの話を締めくくっている。

だから鈴の音の明確な原因については結局、何も分からないままなのである。

はっきりしていることはただひとつ。鈴の音における怪異が、我が母校で宿直制度が廃止された昭和四十年代中頃まで、断続的に確認されたという事実だけである。

時代の流れで、その校舎自体も昭和五十年代の初め頃に取り壊されてしまった。

だから私が在学中だった当時には、小学校はすでに鉄筋コンクリートの新校舎だった。

かつて旧校舎のあった跡地には体育館とプールが造られ、新校舎の隣に併設された。

私の在学中にも、便所にまつわる怪談話があるにはあった。

けれどもそれらは、トイレの花子さんや赤い紙・青い紙、先述した便所の手といった、すでに学校の怪談として形骸《けいがい》化していた怪異ばかりである。

また、こうした話の常で、これらの怪談には当の体験者そのものが不在だったという事実も併せて書き記しておく。

しかしこれらの噂とはまた別に、当時の私個人としてどうしても腑《ふ》に落ちない現象が、母校の便所にはひとつだけあった。

場所は校内の便所ではなく、体育館とプールの間に建てられた便所である。

コンクリート製の外壁に白いペンキを塗った四角い造りの無骨な建物で、便所の他に体育用具を保管する倉庫も兼ねていた。

私がまだ低学年だった一時期、この便所に赤マントの怪人が現れるという噂がたった。放課後、体育館隣の便所に入ると、赤いシルクハットにマントを羽織った怪人が現れて、血を吸われるというのだ。

ただし、この赤マントの怪人というのもまた、学校の怪談における有名な一篇である。大方、原話を知った校内の誰かがアレンジを加えて、噂を広めたものと思われる。

ある日の放課後、私は友人たちに誘われ、この便所に踏みこんでみたことがある。

薄暗い便所の中央に円陣を組むようにして並び立ち、三十分以上は待ち続けたと思う。だが噂の赤マントは結局、私たちの前に姿を現すことはなかった。

これには友人たちもほとほと呆《あき》れ、「噂なんてこんなもんだよな」と口々にぼやいた。

私も同じような感想だったが、それよりむしろ、便所内に充満する甘ったるい匂いを長時間嗅《か》がされ続けたことで、胸がむかむかしていた。

それはたとえるとしたら、トウモロコシの匂いに近かった。焼いたトウモロコシから立ち上るあの強烈な甘ったるさに似た香りが、便所中に色濃く漂っていたのである。

悪臭ではないのだが、その香りの濃密さに私は何度も嘔吐《えず》きそうになっていた。

「臭くてたまらないから、早く出よう」

未《いま》だ便所の中でぼやき合っている友人たちに声をかけると、一同きょとんとした顔で、「そんなに臭いか？」などと返してくる。

今度は私が呆然《ぼうぜん》とする番だった。「すごい匂いだろ？　甘ったるくて気持ち悪い」と訴えても、友人たちは怪訝《けげん》な顔で「そんな匂いはしない」と口々に答える。

確かに言われてみれば、便所の中に芳香剤の類《たぐい》などは見当たらない。

では、この匂いの発生源は一体どこなのか。便所中をくまなく探し回ってみたものの、結局、匂いの元を特定することはできなかった。

その後も体育の授業を終えたあとなどに便所へ入ると、決まってトウモロコシに似たあの甘ったるい香気が鼻腔《びこう》を激しく突き刺した。

友人たちにどれほど訴えても、「そんな匂いはしない」と返されるのも同じである。

何度もしつこく訴えていると、そのうち「バカじゃないのか？」と笑われもしたので、私もそのうち話題にだすことをやめた。

ただ、口にだすことをやめこそすれ、匂いはその後も感じ続けてはいた。便所に入るたび、あの強烈な甘ったるさは嫌でも鼻を突き、原因も不明のままである。根負けした私はとうとう、この便所の使用自体をやめてしまった。

それから三十年近く歳月の流れた、昨年春のことである。

小学四年生になる姪《めい》の運動会を観覧するため、私は妻とふたりで久々に母校を訪ねた。姪を囲んで実家の家族らと昼食を食べ終えたあと、尿意を催した私は便所に立った。向かった先は、体育館とプールの間に建つあの便所。観客用に開放されていた便所は、唯一ここしかなかったのである。

何も考えずに中へ入ったのだが、迂闊《うかつ》だった。

便所の中へ一歩足を踏み入れた瞬間、今やほとんど忘れかけていたあの強烈な芳香が、まるで待ち構えていたかのように私の鼻腔を直撃した。

焼きトウモロコシのようなあの甘ったるい匂いは、未だに健在だったのである。

時を超えて吸いこむその香りのどぎつさに、胸をむかむかさせながら用を足し始める。嗅げば嗅ぐほど、その場違いな芳香に違和感を覚え、わけが分からなくなってくる。

そこへ低学年ぐらいの男の子がふたり、ぱたぱたと便所の中へ駆けこんできた。

私の隣の小便器に並んで用を足し始める子供たちを横目で眺めながら、少し逡巡《しゅんじゅん》する。だがこの際だからと思い、私は思いきって彼らに水を向けてみることにした。

「なあ君たち……このトイレ、なんかヘンな臭いがしないかね？」

努めて平静を装い、ごくごく自然な感じで子供たちに声をかける。

「うんこの臭い～？」

子供たちはほんの一瞬、戸惑ったような表情を見せたが、すぐさま笑顔を浮かべると、実に子供らしい模範回答を私に返した。

やはり分かっていないのだろうな。そのひと言だけで、もう十分だった。

「そうだ。うんこの臭いさ――ある意味ね。午後の競技もがんばってね」

私も笑みを浮かべながら用を足し終え、何食わぬ顔で便所から抜けだした。


数十年前、旧校舎の便所で発生した鈴の音の怪異も、その旧校舎の跡地に建てられた便所に漂う奇妙な芳香も、原因は結局のところ分からずじまいである。

事象を深く掘りさげていけば、もしかしたらなんらかの原因が分かるのかもしれない。だが、怪異というのは原因が分からぬからこそ怪異たりえるのだと私は思う。

幸い、どちらの怪異も特に大きな実害はない。

ならばいっそのこと、このままでもよかろう。そのほうが怪談らしくて味がある。

私が通ったこの母校も、少子化の影響で再来年に閉校することが決まっている。

昭和時代における懐かしき怪の記録として、本書にその概要のみを書き残しておく。

ある意味、便所の手

芳しい便所話を書き連ねたついでに、便所と糞尿《ふんにょう》にまつわる話をさらに三話紹介する。
黒川《くろかわ》さんが夜中、トイレに立った時のこと。
小便器の前で用を足していると、正面の窓ガラスが半分開いていることに気がついた。
虫が入るといけないと思い、用を足しながら片手でガラスに手をかける。
瞬間。
窓の向こうの暗闇からびゅっと手が飛びだし、黒川さんの鼻面を思いっきり殴った。
ゴムホースのように細長く、真っ白い手だったという。
ぱん！　という乾いた音とともに、黒川さんの身体がぶわりと宙に浮きあがる。
体勢を整えるまもなく、黒川さんはそのままトイレの床へ盛大に尻餅《しりもち》をついた。
突然のことにどぎまぎしながらもすぐさま起きあがり、窓から顔を突きだして見る。
だが、外には漆黒の暗闇に畑と田んぼが延々と広がるばかりで、誰もいる気配がない。
あとに残ったのは、鼻先と尻にじんじんと疼《うず》く、鈍い痛みだけだったという。

厠なまず

工場勤めの国村《くにむら》さんが、中学生の頃の話である。

放課後、陸上部だった国村さんがグラウンドで練習していると、突然腹痛に襲われた。校内のトイレまで間に合う自信がなかった国村さんは、やむを得ずグラウンドの隅にひっそりと立つ、古びた外便所に駆けこんだ。

この便所は国村さんの中学校が建て替えをする以前からあったもので、木造の外壁はぼろぼろに朽ち果て、今にも倒壊しそうな様相を呈していた。

おまけに中は想像を絶するほど臭い。長年にわたって醸造された糞便の濃密な臭気は、たとえその場に短時間いただけでも臭いが全身に染みこみ、取れなくなってしまうほど、ひたすら過激で強烈なものだったという。

無論、こんな便所を利用する生徒などほとんどおらず、ごく稀《まれ》に利用されたとしても、何かの罰ゲームとして使われることのほうが断然多かったと、国村さんは語る。

実際、国村さんも普段ならば絶対に入りたくないのだが、その日はまさに緊急事態。背に腹は変えられぬということで、凄《すさ》まじい臭気を必死で耐えながら個室の扉を開け、そのまま転がりこむようにして和式の便器をまたいだ。

数分後、額に脂汗を流しつつも無事に用を足し終え、ズボンをあげながら国村さんが便器から立ちあがった時だった。

とぷん。

暗々とした便槽から突として、くぐもった水音が聞こえた。

条件反射で中を覗《のぞ》いて見る。すると、悪臭を放つ糞尿の中に大きななまずが一匹いて、国村さんの顔を静かにじっと見あげていた。

なまずの顔は、国村さんと同じくらいの大きさがあったという。

なまずは、ひげの生えた大きな口をゆっくりぱくぱくさせながら、とぼけた顔だけを汚物の中から浮きあがらせ、つぶらな瞳《ひとみ》で国村さんの顔を見つめていた。

なんでこんなところになまずが……。

不思議に思いながら国村さんもなまずの顔に見入っていると、なまずは再びとぷんと汚物の中に潜り、ざばざばと音をたてながら便槽の奥の暗い闇の中へと消えていった。

こんなところで、なまずが生きていられるはずなどないのに――。

だがそうは思えど、なまずは確かにいた。暗い便槽の中には、なまずが作った波紋が線を描いて、いつまでもしずしずと揺らめいていたという。

おしおき

竹沢《たけざわ》さんが小学校二年生の時の話である。

当時、竹沢さんが通う小学校の近所に小さな神社があった。学校からの近さもあって、この神社は竹沢さんたちにとって恰好《かっこう》の遊び場だったという。

ある日の放課後。

神社に集まった竹沢さんと友人たちは、境内でキャッチボールをすることになった。

持参したボールを順番に投げ合い、しばらく夢中になって遊んでいると、竹沢さんのお腹がにわかに痛みだす。初めのうちこそ、我慢しながらボールに集中していたのだが、やがていくらのまも置かず、腹の痛みは耐えがたいほど深刻なものとなった。

走れば学校はすぐ近くなのだが、今さら間に合いそうにもなかった。走っている間に尻が誤爆して目も当てられぬ光景になるだろうことは、子供心にも容易に察せられた。

恥を忍んで友人たちに相談すると、「神社の裏でしちゃえよ!」と提案された。

野糞《のぐそ》などしたことがなかったので多少の不安も感じたが、尻はもう爆発寸前だった。

「絶対、誰にも言うなよ!」

友人たちに念を押すなり、竹沢さんは矢のような勢いで社殿の裏へと駆けこんだ。

幸いにも、排便はスムーズにおこなわれたという。濛々《もうもう》と熱い湯気をたてる一本糞を社殿の裏にひりだすと、竹沢さんは調子をとり戻し、キャッチボールに復帰した。

それからさらに時間が経ち、みんなで一心不乱にボールを投げ合っている時だった。

「お前ら一体、何やってやがるんだ！」

突然、鳥居の向こうから張り裂けんばかりの怒声が木霊《こだま》した。

一同、びくりとなって目を向けると、神社の近くに住むおじさんが真っ赤な顔をしてずかずかと境内に入ってくるところだった。

「お前ら、気でも触れたのか！　バカなことしやがって！」

かんかんになって怒鳴りつけるおじさんに、わけも分からず泣きそうになる。

と、そこへ竹沢さんの鼻が異様な臭気をとらえる。臭いの元を探って視線を落とすと、竹沢さんの右手に何やら茶色い物体が握られていた。

それは先ほど竹沢さんが社殿の裏でひりだした、あの立派な一本糞だった。

見れば竹沢さんを始め、友人たちの両手も上着も、全部糞まみれになっていたという。

ヤマカガシ

私の暮らす宮城の片田舎というのは、とにかく蛇の多い土地柄だった。

山林の大規模な伐採や開発の影響から、昨今では見かける機会もかなり減ってきたが、昔はまるで違った。徒歩で登下校をしていた小学生の時分など、春先から晩秋にかけて蛇に出くわさない日がないというほど、それはもう大量にいた。

道の端々や石垣の隙間、林の樹上、草むらの陰、ひどい時には自宅のトイレにまで。とにかくもう、そこいらじゅうに無数の蛇がうじゃうじゃ蠢《うごめ》いていたように思う。

長じた私は、大の蛇嫌いである。

テレビや紙面の上で見かけたり、動物園やペットショップのガラス越しに見る分には全然平気なのだが、自分と蛇の間に安全な〝壁〟がなく、無防備な状態で対面するのは、筆舌に尽くしがたいほど嫌である。

ただ、そんな私も小学校低学年のある時期までは、蛇が平気な子供だった。

振り返るに、蛇に対する格別な嫌悪感や恐怖心はなかったように思う。

触るのも平気だった。下校中、人家の石垣の隙間に頭を突っこんだまま絶命している蛇などを見つけると、長い胴体を素手でつかんで、引っ張りだしたりしたこともある。

斯様《かよう》に玩具《がんぐ》のごとく野生の蛇に接していた私だったが、その後、事態は一変する。

小学校二年生の、秋口のことだった。

学校帰り、仲のよい友人たちと通い慣れた通学路を歩いていた時のこと。

近所の神社の前へ差しかかった時、友人のひとりが突然「あっ！」と叫びをあげた。

なんだと思って視線をたどると、神社前の側溝の中に一匹のヤマカガシが這《は》っていた。

小ぶりな細身に赤と黒、黄色の斑紋《はんもん》が規則的に配列された、本州に生息する蛇の中でもとりわけ気色の悪い模様をした蛇である。

ヤマカガシは側溝に堆積《たいせき》した落ち葉の合間を縫うように、長い身体をくねらせていた。

友人たちの中にも、ことさら蛇が怖い者はいなかったと記憶している。

が、それでも目の前に突然、毒々しい模様のついた長物が蠢いているのを発見すれば、多少なりとも動揺はする。友人たちは「蛇だ蛇だ！」「気持ち悪りぃ！」などと口々にまくしたてながら、ひきつった顔で側溝の中を覗きこんでいた。

ここで私は、みんなにひとつ豪胆なところを見せつけてやろうと、ほとんど衝動的にとんでもない行動にでた。それは、意識と無意識のはざまのようなところから突発的に生じた実に幼稚で、だが極めて無慈悲な行動である。

周囲が大騒ぎする中、私は細狭い側溝の中にぽんと足をおろすと、そのますかさずヤマカガシの頭を踏みつけた。とたんに靴底を通じてぐにゃりと滑《ぬめ》り気を帯びた感触と、それがぶちんと潰《つぶ》れる不快な感触が立て続けに伝わる。

続いて、すでに踏みしだいた蛇の頭を今度は靴底でぐりぐりと執拗《しつよう》にすり潰していく。頃合いを判じて足をあげると、そこには首のない――というよりは、首が液状化して頭部の原形を完全に失った、ヤマカガシの無惨な姿があった。

しかし、それでも蛇というのは生命力の強い生き物である。こんな姿になってもなお、まだら模様のひょろ長い身体は側溝の中で右へ左へ激しくのたうち回っていた。

その信じがたい強靭さに動揺し、側溝から飛びあがった私が「わっ！」と声をだして駆けだすと、友人たちも黄色い声をあげながら、私の背中を果敢に追ってきた。

この日、私がおこなった非道な所業を、誰も褒め称《たた》えはしなかった。

けれども、非難や軽蔑《けいべつ》をされることもまたなかった。ならば私はヒーローである。

通学路を脱兎《だっと》のごとく駆け抜ける私の顔には、えげつない笑みが浮かんでいた。

翌朝の登校中、件《くだん》の神社の前へ差しかかると、鳥居の傍らに見知らぬ女が立っていた。

歳は四十代ぐらい。もじゃもじゃとくせのついた長髪に、服装はセーターとスラックス。顔は小さく、卵のように少し丸い。肌質は遠目にもがさがさしていて血色も悪かったが、厚ぼったい唇には真っ赤な紅が差され、毒々しい輝きを帯びていた。

挨拶《あいさつ》をする義理もないので、そのまま女の前を通り過ぎる。

と、ふいに背後から襟首を引かれ、私の身体が稲妻のような勢いで横向きに回転した。

はっとなって前を見ると、女の顔が私の目と鼻の先にあった。

女の顔には一瞥《いちべつ》しただけで分かるほどの激しい怒りの色が、ありありと浮かんでいた。血色の悪かった顔面はどぎつい口紅の色と等しく、上気して真っ赤に染まっている。

女の両目がかっと大きく見開かれた瞬間、かんしゃく玉がはじけるような音とともに、私の頬に鋭い痛みが走った。

女に思いっきり平手打ちを喰《く》らったのだった。

恐怖と痛みで私が泣きだすさなか、女が再び手を振りあげるのが目に入った。

女を半ば突き飛ばすようにして、つかまれていた襟首を振りほどくと、私はその場を死に物狂いで逃げだした。

学校に着いたら先生に言いつけてやる。絶対にこのままでは済ませない。

流れる涙をぬぐいつつ、今に見てろと考えながら、学校へ向かい一直線にひた走る。

ところが目の前に校門が見えてきた辺りで、私の足がぴたりと止まった。

女が着ていたセーターの色を思いだしたからである。

赤と黒、黄色の斑紋が規則的に配列された、派手な柄のセーターだった。

昨日殺したヤマカガシと、それはまったく同じ色柄だった。

嫌な予感とうしろめたさを覚えた私は、結局この一件を誰にも話さないことに決めた。

同時に私はこの日以来、蛇をとても怖がるようになってしまったのである。

目玉男

小学三年生の初夏には、こんなことがあった。

連日、湿っぽい天候が続き、そろそろ本格的な梅雨入りを予感させる時期。

今にも一雨来そうな曇り空の下、通い慣れた通学路を下校していた時のことである。

自宅に程近い運動広場の近くへ差しかかると、広場の中央にひとりの男が立っていた。

愚図ついた空模様とは対照的に、男は晴れやかな笑みを満面に浮かべている。

男は私と目が合うなり、私に向かって盛んに手招きを始めた。

なんだろうと思い、私はそばへと近づいていく。

「なんですか？」

男の前まで駆け寄り、声をかける。

「知っている？　目玉はね、押すと取れるよ、はずれるよ。ぐりぐりやるとはずれるよ。見たけりゃ見せるよ、はずれるよ！」

私の質問に、男はわけの分からないことを早口でぺらぺらとまくしたてた。

整髪剤で濡《ぬ》れ光った黒髪をうしろに撫《な》でつけた、色白のひょろりとした中年男である。

服装は白い半袖《はんそで》の開襟シャツに、灰色のスラックス。

一見すると訪問販売の業者か何かのように見えなくもなかったが、男は手ぶらだった。ネクタイも締めておらず、靴には干からびた泥が灰色になってこびりついている。

ああ、これは厄介な人だったのか……。

子供心にもしまったと思ったが、今さら踵《きびす》を返して逃げることもできなかった。

薄暗い気分になりながらもどうにか平静を装い、この場を切り抜けようと考える。

「見て見てて、ほら見てて！　こうするとね、こうするとね、こうするとねっ！」

私の目線に膝《ひざ》を落とし、男がぐいっと顔を近づけてきた。

「いいかな、いいかい？　よく見てて。目玉はね、押すとね取れるよ、はずれるよ！」

両手の人差し指と中指をそれぞれ左右のまぶたにあてがい、男は何やら念ずるようなそぶりで、まぶた越しにぐりぐりと目玉を押し始めた。

「ほらほらほらほら、よく見ててっ！　見ててよ見ててよ、よく見ててっ！」

男の声が一際明るくはじけた直後、男の指が眼窩《がんか》の上側に深々とめりこみ、真っ白な眼球が中からぬるりと押しだされる。

目玉は半透明の糸を引きながら頬筋を滑り、ぼろぼろと地面にこぼれ落ちた。

「ねっねっねっねっ？　すごいでしょ、すごいでしょ、すごいでしょっ！」

口と鼻穴と合わせ、顔面に黒い穴を五つも開けた男が、さらに私の眼前へと迫る。

「目玉はね、目玉はねっ！　押すとね取れるよ落ちるよ、はずれるよおおぉぉっ！」

張りあげた大声に連動して、空っぽの眼窩がぶわりと大きく膨らんだ。

肝を潰した私は「ぎゃっ！」と叫びをあげると、自宅へ向かって一目散に逃げだした。

今のは一体なんだったんだろう。でも――凄《すご》いものを見てしまった。

自宅へ続く田舎道を駆けながら、私は息をはずませ、何故か少し笑っていた。

もちろん、恐ろしくはあったのだが、同時になんともいえない興奮も感じていたのだ。

確かにびっくりしたけど、自分は何かとてつもなく凄いものを見てしまった！

奇妙な興奮が冷めやらぬまま、私は急ぎ足で帰宅した。

その晩、私は夕飯の席でさっそく、この話を得意げになって家族に語り聞かせた。

しかし言わずもがな、家族一同から返ってきたのは、ほぼ即答の全否定だった。

「そんな人がいるわけないだろう！」というのが家族全員の回答だったが、正論である。

冷静に考えてみれば、人の眼球があれほど簡単に、それもなんら痛がるそぶりもなく、はずれるものではない。家族に諭されるうち、私もそれは納得した。

では一体、あれはなんだったのか？　真っ先に浮かんだのは義眼である。

おそらく両目が義眼の男が、私を見つけてからかったのだろう。そのように考えた。

だが、まもなく大きな矛盾に気がついてしまい、私はそれ以上の詮索《せんさく》をやめた。

目の見えない人間なら、どうして下校する私を認め、手を振ることなどできるのか。

答えは結局、出ずじまいだった。

あばら男

同じ年の秋には、こんなこともあった。

午前中で早々と授業の引けた、土曜の午後のことである。

その日、私は地元の農協で毎年催される、秋の農業収穫祭に出かけていた。

会場は農協の敷地内に広々と整備された駐車場。

場内には様々な屋台が肩を並べてひしめき合う。お祭りの定番である綿飴《わたあめ》にりんご飴、焼きそばやお好み焼きなどを売る屋台を筆頭に、豪華な景品がずらりと並んだ的撃ちやくじ引き屋台。それらが所狭しと軒を連ね、私の食欲と物欲を大いに駆りたてる。

一緒に行こうと約束していた友人たちとは、指定時間に現地で落ち合う段取りだった。早めに到着してしまった私は下見がてら、ひとりで会場内を散策することにした。

ソースやザラメの焦げる甘い匂いを嗅《か》ぎつつ、会場内をしばらくそぞろ歩いていると、そのうち私は尿意を催してきた。人波を掻《か》き分けながらトイレを探し回ってみたのだが、それらしき建物はおろか、案内板の類《たぐい》すらも見当たらない。

ぐずぐずしているうちに我慢も限界を迎えつつあった。とっさの判断で仕方なく私は、農協の敷地に隣接する田んぼへ向かって駆けだした。

田んぼは農協の敷地の隅に建ち並ぶ、農業倉庫の裏側に面した場所にある。そのため、会場からは死角となって誰にも見られることがないのだった。外壁沿いに倉庫の裏手へ回ると、刈り入れが終わって丸裸になった田んぼへ向かって、私は一心不乱に用を足した。

「おい」

用を足し終え、ほっとしたのとほぼ同時に、前方から野太い男の声がした。

驚いて顔をあげると、私から十メートルほど離れた田んぼのまんなかに、カーキ色の作業服を着た男がひとり、あぐらをかいて座っていた。

果たしていつからそこにいたものか。小便に夢中だったため、まるで覚えがなかった。

「悪ぃげどやあ。おめー、ちょっと手ぇ貸してけろ」

そう言って、男は大儀そうに腰を持ちあげると、右手で腹を押さえながらよろよろと、おぼつかない足どりで近づいてきた。

白髪混じりの頭髪を角刈りにした、五十代ぐらいの痩《や》せた男である。口元にも同じく、白髪混じりのまだらな髭《ひげ》が、たくわえたというより中途半端に生え散らかっている。

男は私が今しがた用を足した水たまりの手前辺りに、再び大儀そうに座り直した。

「なんだがずっと腹減る。なんでもいいがら、あっちさ行って買ってきてけねえが？」

私の顔を見あげながら言い終えると、こちらの答えをうながすかのように眉尻《まゆじり》をさげ、男は気だるそうな動きで斜めに首をかしげた。

いかにも困ったような顔はしているが、その表情に親しみを抱かせるような色はない。目は寝不足のように赤黒く濁り、半開きになった口元から覗《のぞ》く歯は黄色かった。なんだか質《たち》の悪そうな男である。下手に怒らせると、何をされるか分からないような雰囲気もあった。

「なあ頼む。なんでもいいがら、食い物買ってきてけろ」

私が黙っていると、男はじれったそうにくねくねと身をよじらせ、再び催促した。

「お金を持ってません」

どうしたらよいものか戸惑い、私はとっさに嘘をついた。

小遣いは持っていたが、見も知らぬ怪しい男のために出す義理もなかった。

「金だす。金だすに決まってっぺや。金渡すがら、なにが食うもん買ってきてけろ」

そう言うと男は、胸元のチャックをおもむろに引きさげ、懐に右手を差し入れた。

露《あらわ》になった男の胸元を見たとたん、私は水を浴びせられたようにぞっとする。

男の首から下には皮も肉もついておらず、まるごと骨が剝《む》きだしになっていた。

わずかに灰色味を帯びた、ざらざらとした質感。

シャモジのような形姿《なりかたち》をした胸部中央の胸骨を基点に、細長いあばら骨がなだらかな流線形を描いて、左右へ等間隔に連なっている。

男の胴体は理科室で見慣れた人骨模型のそれと、まったくの瓜《うり》ふたつだった。

くしゃくしゃになった千円札を一枚つかんで、男の手が懐から抜ける。男の腕に一部さえぎられていた胸元とその下の腹部が、さらに露《あらわ》なものとなった。

やはり骨だった。

腹には内臓も詰まっていない。

そもそも、腹そのものがない。

男の中身はがらんどうである。

まるで造りかけの張り子のようなこの異形は、そのまま片膝《かたひざ》をついて身を乗りだすと、私に向かってぶっきらぼうに千円札を突きだした。

「ほれ金だ。焼ぎそばでもイガでもなんでもいい。こいづでいっぺえ買ってきてけろ」

男の片膝は、先ほど私が作った小便の水たまりに沈み、ズボンの生地が濡《ぬ》れていた。

ふと気づくと、私の膝元はがくがくと笑っていた。

歯の根もがちがちと勝手に震えて、抑えられない。

何か見てはいけないものを見ている。接してはいけないものと接してしまっている。

早く逃げたほうがいい。逃げなくてはならない。早く逃げろ！

「早ぐしてけろ！　おんちゃん、なんぼ食っても腹減って腹減ってわがんねえんだ！」

頭から警報めいた信号が発せられていることを察知した私は、無言のまま踵《きびす》を返すと、そのまま人波渦巻く農協の敷地へと向かって駆けだしていた。

ほどなくして、会場内を歩いていた友人たちと合流した。

友人たちに先ほど見たものを話すと、自分たちもぜひ見たいと鼻息を荒くされた。

駄目だと言ってても聞き入れてもらえず、倉庫の死角に身を隠しながら裏手の田んぼをみんなで覗きこんでみた。

けれども男の姿は、もうどこにも見当たらなかった。


このあばら男も含め、先に紹介した蛇女や目玉のはずれる男など、とにかくこの時期、私は斯様《かよう》な異形どもにたびたび遭遇した。

ただ、幼い私はこれらを全て一緒くたに〝ヘンな人〟〝怖い人〟とだけ認識していた。

彼らに対して私が思い抱く印象に、いわゆる〝幽霊〟だの〝この世ならざる者〟という含蓄《がんちく》は皆無だった。

先にも触れたとおり、それらがあまりにもはっきりと、私の目には視えるためである。

この目にしかと視えるものなら、そうしたものではないという認識が多分にあったのだ。

そんな私が少年時代、我が目で視認し、遭遇したものを〝この世ならざる者〟として唯一断定したのは、この後まもなく自宅で目撃することになる、ある者だけである。

続く話で、その邂逅《かいこう》の一部始終を開示する。

白い女

小学四年生の春、私は生まれて初めて幽霊を視た。

否。正確には生まれて初めて〝幽霊と認識できるもの〟を視た、というべきだろうか。

早朝、ようやく東の空が白み始めた頃である。

尿意を催し、私は目を覚ました。

まだまだ夢見心地でいたい夜明け前の布団の中、身をよじりながら何度も逡巡《しゅんじゅん》するも、結局、強烈な尿意に逆らうことはできなかった。

寝ぼけ眼で両親と眠る二階の寝室を抜け、階段を使い、階下の台所へとおりる。

日の出前の台所は薄暗く、窓の外には白い朝靄《あさもや》が濛々《もうもう》と立ちこめていた。

トイレは台所を抜けた先。長い廊下の角を曲がった、さらにその奥にある。

私の実家は、屋敷の表側に茶の間、中座敷、奥座敷の三間が連なり、裏側には三畳間、六畳間、八畳間の座敷がそれぞれある。廊下は表側の三間と裏側の三間を分断する形で、家のまんなかに伸びていた。

両側を砂壁に挟まれた廊下は家内でも一際暗く、不気味な雰囲気を醸す場所だった。

私の父は小さい頃、この廊下の角を曲がってトイレに向かうのが心底恐ろしかったと、私によく語って聞かせた。

同じく母も嫁いだばかりの頃、この廊下の角を曲がる瞬間がとても恐ろしく感じられ、慣れるまでには相当の年月を費やしたと語っている。

トイレへ続く廊下の角付近は、昼間でも電気をつけないと、ほとんど真っ暗だった。おまけに曲がり角の天井にぶらさがっているのは、四〇ワットの裸電球がひとつだけ。電気をつけてもお情け程度の明かりが灯《とも》るだけで、闇を完全に追い払う力などない。

挙げ句、電気のスイッチは曲がり角の手前にではなく、角を曲がった先にあった。夜こそ電気がつけっぱなしにされていたが、昼日中でさえも異様に薄暗い廊下である。夕暮れ近く、戸外が薄暗くなり始めた時などはほとんど真っ暗になり、思わず足が竦《すく》む。少年時代の私自身もまた、この廊下の暗さは大の苦手だった。

そんな薄気味悪い廊下の角を恐る恐る曲がり、突き当たりのトイレへ直行する。ほどなく無事に用を足し終え、人心地ついた私は、再び暗い廊下を引き返した。もう少しで台所まで帰り着く頃だった。視界の片隅にふと、私は妙な違和感を覚える。立ち止まって辺りに目を配ると、廊下に面した茶の間のガラス戸が半分開いていた。なんの気もなくガラス戸の隙間に頭を突っこみ、中の様子を覗き見る。

すると茶の間の向こう、ガラスを二枚隔てた玄関先に、誰かが立っているのが見えた。白い着物姿の女だった。

濛々と立ちこめる朝靄の中に、白い着物に身を包んだ髪の長い女が立っている。

女は玄関のガラス戸に対して横向きに、右半身をこちらに向かせる形で佇《たたず》んでいた。

そのため、私の立ち位置からは、女の横顔しか見ることができない。

茶の間と玄関を隔てるガラス障子と、玄関口のガラス戸。二枚のガラスにさえぎられ、女は少し朧《おぼろ》に霞《かす》んで見えた。

だがそれでもきちんと人の像は結んでおり、しっかりと女の姿に見える。

一瞬、あっと思ったものの、不思議と怖い感じはしなかった。

怖いという感情の代わりに「幽霊だ」という感想のほうが、私の中で先立ってしまう。

身体こそ半透明に透けてはいないものの、長い黒髪に白い着物というそのスタイルは、テレビや怪談本でこれまでさんざん見てきた、典型的な幽霊そのものの姿だった。

興奮した私はさっそく目を凝らし、まじまじと女の観察を始める。

背恰好《かっこう》から察して、歳はおそらく十代の後半から二十代の前半くらい。

玄関のガラス戸は下側半分が曇りガラスになっているため、女の腰から下は見えない。だから、女に足があったのかどうかは確認することができなかった。

女は玄関前で右腕をすっと前へと突きだし、何かを指差していた。しかし、女が示す指の先には自宅の前庭があるだけで、特に何があるというわけでもない。

女が指差すほうへと私も視線を向けてみたが、家内の廊下に立っているこの状態では、前庭の全景をうかがうことはできなかった。

女は腕を突きだしたままの姿勢で、まるで微動だにしない。

果たして私の存在に気づいているのか、いないのか。それすらも判然としなかった。

その後も女は玄関前で無言のまま、ひたすら庭のほうを指差し続けた。

時間にしておよそ十分近く、私はじっと息をひそめ、女の観察を続けた。

女はやはりぴくりともせず、ぴんと伸ばした右腕で何かを静かに指差し続けた。

先に痺《しび》れを切らしたのは、私のほうだった。

女の動きになんの変化も表れないことにだんだんと飽きが生じ、興味も失っていった。

そのうち女の正体や動向などより眠気のほうが勝ってしまい、私は二階の寝室へ戻ると、再び眠りに就いたのだった。


その朝。

目覚めた私は、朝食の支度をしていた母に「幽霊を見た！」と興奮気味に伝えた。

ところが、こうした話に普段は理解を示してくれるはずの母が、何故かこの時だけはまともに取り合ってくれなかった。「寝ぼけたのか、夢でも見たんでしょう？」などと無下《むげ》にあしらわれ、幽霊の話題はあえなく打ち切られてしまった。

この時、母には別段他意はなかったのだろうと思う。

だが当の私のほうは、この朝の一件が妙な加減で心の傷になってしまった。

以来、二十歳を過ぎるまでの間、私はこうした話を他人に一切しなくなってしまった。

人面犬

私が小学校高学年だった平成の初め。全国的な人面犬ブームが巻き起こった。

人面犬とは、柴犬《しばいぬ》ほどの小ぶりな獣身に、人間の頭を持つとされる化け物である。

当時、テレビや週刊誌で紹介されていた目撃談では、深夜の高速道路を疾走する車を猛スピードで追いかけてきたとか、路地裏でゴミ箱を漁《あさ》っている犬を叱りつけたところ、振り向いた顔は人間のそれで、「ほっといてくれよ」と返される話が有名だった。

他にも人面犬は、某大学の遺伝子実験によって生まれた生物だとか、緑色の糞《ふん》をする、時速百キロ以上で走るなどといった、緻密《ちみつ》な設定も付与されていた。

こうした、荒唐無稽《むけい》ながらもいかにも実在しそうな情報の羅列に、当時の子供たちはリアリティとロマンを見いだし、たちまち人面犬の虜《とりこ》になった。

私の身辺で振り返ると、実際に人面犬を捕獲すべく、地元中を躍起になって探し回る子たちもいれば、逆に人面犬との遭遇に怯《おび》えながら登下校していた子もいた。

今の時代に置き換えれば、それこそ一笑に付されそうな他愛もない社会現象なのだが、それでもあの頃、私たち子供にとって人面犬は、生々しい現実味を帯びた好奇と恐怖の対象だったのである。

そんな人面犬ブームの真っ只中《まただなか》、理容業を営む田島《たじま》さんがこんな体験をしている。

当時、小学校中学年だった田島さんが夕方、自宅へ帰る途中だった。

夕闇に暮れなずむ住宅街を独りで歩いていると、前方の曲がり角から小さな犬が一匹、ふらりと姿を現した。ちょうど柴犬ほどの体軀《たいく》をした、茶色い体毛の犬だったという。

何気なしに視線を向けるなり、田島さんは犬の姿に違和感を覚える。

西日の逆光にぼやけ、仔細《しさい》は分からないものの、犬は身体の割に頭が妙に大きかった。形もおかしく、頭の上にもじゃもじゃとした毛が綿菓子のように膨らんでいる。

まるで人間の頭みたいだな。

思った瞬間、田島さんははっと息を吞《の》む。

もしかして、あれが噂の人面犬なのではないか。ふらふらとこちらに歩み寄ってくる犬のシルエットに目を凝らしながら、田島さんは身構えた。

そうこうするうち、犬が田島さんのそばまで近づいてきた。どんな顔をしているのか、怖いながらも興味が湧いた。犬を刺激しないよう、そっと視線を顔へと投じる。

犬の顔は、病気で入院している田島さんのお祖母《ばあ》さんの顔だったという。

翌日、お祖母さんは容態が急変し、帰らぬ人となっている。

火のまじない

今は廃棄物処理法が厳しくなった影響で、自宅の庭先で焚《た》き火をする風景も激減した。だが、私が小学生だった昭和の終わりから平成の初めあたりまでは、自宅で家庭ゴミを焼却する家は、まだまだずいぶん多かったと記憶している。

これは私と同年代の、坂下《さかした》さんという男性から聞いた話である。

当時、小学校高学年だった坂下さんは、家の手伝いで家庭ゴミの焼却を担当していた。可燃ゴミが適量溜《た》まると自宅の裏庭で燃やし、火の番をするのが彼の仕事だった。風呂《ふろ》掃除や皿洗いに比べれば、ゴミの焼却作業は大層楽しいものだったという。たった一本のマッチが作る小さな火種がほどなく巨大な炎へと成長し、山と積まれたゴミを呑みこんでいくさまは圧巻そのもの。まるでスペクタクル映画を観ているような興奮があったと坂下さんは語る。

そんな日常を送る中、ある時を境に坂下さんはクラスの親友と疎遠になってしまった。以前から坂下さんと不仲だった同級生が親友に急接近し、親友は不仲の同級生とばかり遊ぶようになってしまったのだ。

坂下さんにとって親友と呼べる者は、その子以外にいなかった。

自分から親友を奪い取った同級生を、坂下さんは憎くて憎くてたまらなかった。

猛《たけ》る思いはまもなく、坂下さんの魅せられる炎によって発散される。

午前中に学校が引けた土曜日の午後早く。

溜まった可燃ゴミを裏庭に運びだすと、坂下さんは折り畳まれた段ボールを組み直し、中にゴミを詰めこんだ。その隣にも組み直した段ボールを置き、同様にゴミを詰めこむ。そうして大小様々な段ボールを組み合わせ、完成したのは歪《いびつ》な形の家もどきだった。

「死ね。死ね。焼け死ね。焼け死んじまえ」

怨《うら》み声とともに火を放つと、段ボール製の家もどきはたちまち紅蓮《ぐれん》の炎に包まれた。

親友を奪った同級生の家のつもりだった。屈折した笑みを浮かべながら、坂下さんは黒々と焼け崩れていく〝同級生の家〟を満足げに眺め続けた。


翌朝。母から昨夜遅く、町内で火事があったことを知らされた。

同級生の家かと思い、一瞬どきりとしたが、続く母の言葉で坂下さんの腰が抜けた。

焼けたのは同級生の家ではなく、親友の家だった。

親友は全身に大やけどを負う重傷なのだという。たまたま泊まりに来ていた同級生は、奇跡的に無傷で救《たす》かったとも聞かされた。

週末を利用して親友の家に同級生が泊まりに行った、その晩の火事だったという。

やぶ寿し

双子の大樹《たいき》さんと茂樹《しげき》さんの兄弟が、小学二年生の頃の話である。

当時、ふたりが住んでいた自宅の近所に広大な雑木林があった。

両親や周囲の大人からは「危ないから絶対に行くな！」と言われていた場所だったが、林の中は昆虫の宝庫だった。ルリボシカミキリやアオカナブンを始め、他では採れない珍しい昆虫がたくさん採れるので、当時の兄弟にとって絶好の遊び場となっていた。


夏休みの昼下がりのこと。その日も「友達の家に行く」と母親に嘘をつき、ふたりはいつもどおり、この雑木林へ分け入った。

倒木の中からクワガタの幼虫を探しだしたり、琥珀色《こはくいろ》の樹液したたるクヌギに留まる昆虫たちを一網打尽に捕えたり、ふたりは時間を忘れ黙々と虫採りに興じた。

やがて、大樹さんが採集した獲物を選別している時だった。茂樹さんが樹々の合間にハグロトンボが飛んでいるのを発見した。

ハグロトンボとは、薄黒い翅《はね》に金属質の光沢を帯びた緑色の尾を持つ細身のトンボで、その細くて幽玄な趣きを醸す外見から、俗にカミサマトンボとも呼ばれている。

カミサマトンボはこれまでも何度か姿を見たことはあったが、いつも神出鬼没なうえ、動きも予測不能なところがあり、捕まえたことはまだ一度もなかった。

大樹さんが様子をうかがうと、カミサマトンボは時折、草の葉に留まったりしながら雑木林の奥へと向かって少しずつ、ゆるゆると移動していくところだった。

大樹さんが茂樹さんにそっと目配せをすると、茂樹さんも無言でこれにうなずいた。

ふたりはトンボに気取られないよう、足音を忍ばせながらゆっくりと追跡を開始した。

トンボは相変わらず、少し休んでは少し飛ぶを繰り返しながら、林の中をふらふらと飛び続けた。そのうしろを少しずつ距離を狭めながら、大樹さん兄弟が追う。

初めてのカミサマトンボ捕獲の夢に心が躍り、ふたりは必死でトンボを追い続けた。


それからしばらく時間が経った頃。

ふと我に返ると、ふたりは今まで一度も入ったことのない、雑木林のずいぶん奥まで足を踏み入れていた。普段、虫採り遊びをしている場所とは違い、林の奥は鬱蒼《うっそう》として、まるで宵のように薄暗かったという。

気がつけば、いつのまにかカミサマトンボの姿も完全に見失っていた。

とたんに心細くなる。嫌な胸騒ぎを感じながら、元来た場所へ戻ろうと歩きだしたが、密生した樹々の海に視界を阻まれ、もはや右も左も分からなくなっていた。

「どうしよう……」とふたりで相談し合ったが、答えは何も出てこない。

林の中は歩けば歩くほど、ますます現在地が分からなくなっていった。頭上を仰げど幾重にも重なり合った緑の葉の層がすっぽり天を覆い隠し、太陽すらも確認できない。今が何時なのかも分からなかった。歩き過ぎて足も痛い。おまけにお腹も空《す》いてきた。もしかして、このまま死ぬんじゃないのか……。

途方に暮れながら薄暗い林の中をさまよい歩いていた、その時だった。

「えいらっしぇい！」

森閑《しんかん》とした雑木林の中に突然、威勢のいい男の声が木霊《こだま》した。

振り返ると、緑の竹で編まれた小さな屋台の中に、見知らぬおじさんが立っていた。

「えいらっしぇい！」

おじさんは屋台の中から笑顔でぱんと手を叩《たた》きながら、ふたりに向かって叫んだ。

おじさんは角刈り頭にねじり鉢巻をして、衿元《えりもと》が紺色に染まった白い甚平を着ていた。

竹で編まれた小さな屋台は、おじさんひとりがようやく立っていられるくらいの横幅。おじさんの目の前には笹の葉が敷き詰められた小さなカウンターがあり、屋台の上には『やぶ寿し』と書かれた看板が掛けられている。

茂樹さんが目を輝かせながら「お寿司屋さんだ！」と叫んだ。

「えいらっしぇい！　なんにいたしやす？」

おじさんが茂樹さんに向かって景気よく応《こた》える。

とても優しそうな雰囲気のおじさんで、怖い感じはまったくしなかったという。

雑木林の奥で途方に暮れていた心細さも手伝い、ふたりは思わず顔がほころんだ。

「お寿司、食べさせてくれるの？」

堪《こら》えきれず、いそいそとふたりで屋台に近づき、おじさんに問いかける。

「えいらっしぇい！　うちはなんでもおいしいよ！　なんにいたしやす？」

再びぱんと手を叩き、おじさんがふたりに笑いかけた。

「じゃあ、なんでもいいから握って！」

当時は寿司ネタの名前もろくに知らなかったので、大樹さんが適当に注文をだす。

「かしこまりました！　それじゃあ〝おまかせ〟ふたつ入ります！」

景気よく叫ぶなり、おじさんはいそいそと寿司を握り始めた。

カウンター前に置かれた木の椅子に腰かけ、ふたりでわくわくしながら待っていると、ほどなくして寿司下駄の上にずらりと並んだ寿司のセットがふたつ出てきた。

「〝おまかせ〟ふたつ、えいお待ち！」

薄桃色の表面にてかてかと脂が滲《にじ》むトロの握りに、銀色の皮がつやつやと輝く光り物。イカとタコの握り。イクラとウニの軍艦巻き。キュウリにアナゴ、カンピョウ巻き。

見るからにおいしそうな寿司の行列に、ふたりはごくりと生唾《なまつば》を飲みこんだ。

手づかみでがばっと口に放りこむと、寿司は舌の上でとろけるような美味である。

「おいしーい！」

あまりのうまさに理性を失ったふたりは、寿司下駄に並んだ寿司を片っ端から頬張り、一人前の〝おまかせ〟をあっというまに平らげてしまった。

「イナセだねえ！　次はなんにいたしやす！」

そこへ間髪を容《い》れず、おじさんが尋ねてくる。

ふたりはおじさんに勧められるまま、出てきた寿司を次々と平らげていった。


やがて小一時間あまりが過ぎた頃。

これまで食べたことのない極上寿司をたらふく堪能《たんのう》した大樹さんと茂樹さんのお腹は、とうとう限界を迎えた。

「ごちそうさま」を告げ、席からふたり揃って立ちあがる。

「えいありがとうございます！　それじゃあお愛想入りまーす！」

おじさんは満面の笑みを浮かべながら、ふたりの前に手のひらを差しだした。

そこでふたりはようやく「あっ」となって蒼《あお》ざめた。

そういえばお金を持っていない。突然の寿司を前についつい夢中で食べてしまったが、考えてみれば大樹さんも茂樹さんも、お金を一銭も持っていなかった。

おずおずとしながら、大樹さんが上目遣いに事情を話す。

「あのね。おじさん、ごめんなさい。僕たち、お金持ってないんです……」

消え入りそうな声で小さく告げると、怒られると思ってびくびくしながら頭をさげた。

すると頭上でぱん！　と快活に、手を叩く音が鳴り響いた。

「えいそれじゃあ、お代は結構でございやす！」

見あげると、おじさんは今までと変わらぬ笑顔で、大樹さんたちを見おろしていた。

「え？　本当？　本当にお金いいの？」

大樹さんが念を押して確認する。

「えいもちろんです！　男に二言はございません！　いいから構わず帰えんねえっ！」

そう言っておじさんは、ぐっと右腕を伸ばすと雑木林の向こうを指差した。

「あっちに行ったら帰れるの？」

「えい！　あっちへまっすぐ進んでいきゃあ、まもなくシャバでごぜえやす！」

林を抜ける道のりに、そろそろ不安が再燃し始めていたところだった。思わぬ朗報に、
ふたりは泣きだしそうなほどほっとする。

「おじさん、ありがとう！　また来るからね！」

「えい毎度！　またのお越しをお待ちしておりやす！」

ふたりの顔を見おろしながら、おじさんがにこにこ笑顔で深々と頭をさげる。

笑顔のまま手を振るおじさんに何度も何度も礼を述べながら、大樹さんと茂樹さんは
林の中の寿司屋をあとにした。

それから五分ほど歩くと、果たしておじさんの案内どおり、ふたりが普段遊んでいる雑木林入口付近の見慣れた景色が見えてきた。

カミサマトンボを追ってあの寿司屋に行き着くまでは、数時間もかかった気がしたが、もはやそんなことはどうでもよかった。

きっと、おじさんが近道を教えてくれたのだろうということで、ふたりは納得する。

ほどなく雑木林の入口までたどり着く。これでようやく家に帰れると、安堵《あんど》しながら雑木林の外へ一歩、足を踏みだしたその時だった。

茂樹さんが突然、腹を押さえながら路上のアスファルトにどっと膝《ひざ》をついた。

驚いた大樹さんも、茂樹さんの傍らへとしゃがみこむ。だが、今度は大樹さん自身も激しい腹痛と吐き気に襲われ、路上にうずくまってしまった。

傍らの茂樹さんは顔色をどす黒く変色させながら、げぼげぼと濁った咳《せき》をあげている。と、そのうちふいに茂樹さんの口から滝のような勢いで吐瀉《としゃ》物が流れ落ちた。

暗褐色のどろどろした液体。中には黄土色をした物体がいくつも混じっている。

茂樹さんの嘔吐《おうと》につられ、大樹さんもたまらず胃の中身を路上へとぶちまける。

大樹さんの口からもやはり、暗褐色の液体と黄土色の何かが大量に流れ落ちた。

吐きながらよく見てみると、黄土色の物体は全てセミの抜け殻だった。

あまりのおぞましさに目の前が真っ暗になり、吐き気がさらに波のように押し寄せる。必死になって吐き続けていると、やがて暗褐色の液体がなんなのかも分かった。

細かい土の塊と小石が混じった、泥だったという。

それからしばらく、ふたりは半狂乱になって何度も何度も吐き続けた。

不幸中の幸いか、胃袋がすっかり空になったとたん、あんなにひどかった腹の痛みもたちどころに消えてしまったという。

あとに残ったのは、路上に広がるセミの抜け殻の混じった吐瀉物と、口の中の泥臭さ。それから、あの寿司屋のおじさんは一体何者だったのだろうという疑問だけだった。

この一件以来、すっかり怖くなってしまった大樹さんと茂樹さんは、二度と雑木林に入ることがなくなった。

当時から三十数年が過ぎた今でも、入ることがないという。

ただふたりとも未《いま》だに、あの寿司屋のおじさんの笑顔と「えいらっしゃい！」という威勢のいい声風《こわぶり》だけは鮮明に覚えていると、声を揃えて私に語った。

田んぼのおじさん

奈美恵《なみえ》さんが中学の部活動を終えた、初夏の夕暮れ時だった。

部活仲間の友人たちと、自転車に乗って家路をたどる途中のことである。

下校路は一本道の農免農道。道の両脇には広々とした田園風景が広がっている。

ペダルを漕《こ》ぎつつおしゃべりに花を咲かせていると、ふいにどこからともなく、

「お〜い」

と、男の叫ぶ声が聞こえた。

自転車を停めて辺りを見回すと、田んぼのはるか向こうに小さく人影が見えた。

青い作業着姿のおじさんで、こちらに向かってにこにこと手を振っている。

「誰かのお父さん？」

みんなで顔を見合わせるも、あんなおじさんは誰も知らないと言う。

そうこうしているうちに、おじさんが再び「お〜い」と声をあげた。

友人のひとりが「なんですか〜！」と叫んでみたが、応答はない。

おじさんは田んぼの中で、ただにこにこと手を振るばかりである。

「何あれ、ちょっと変なんじゃない？」

別の友人が怪訝《けげん》な顔をしてぼそりとつぶやく。

「なんか変態みたいな奴かも知んないじゃん。シカトして行っちゃおうよ」

誰かが切りだしたのをきっかけに、みんなで再びペダルを漕ぎ始めた。

「おぉ〜い！」

しかし走りだした奈美恵さん一行に向かって、なおもおじさんは呼びかける。

「ちょっと……しつこくない？」

仲間内でも特に気の強い女の子が、眉間《みけん》にしわを寄せながら「ちっ！」と舌を打った。

「おおぉ〜い！」

「っせえなあ！　キモいんだよッ！」

同じ子がおじさんに向かって罵声《ばせい》を浴びせた瞬間。

「おおおおおおぉぉ〜〜〜〜〜〜〜〜〜いッ！」

突然、彼女の自転車の荷台におじさんが現れ、耳元で大絶叫を張りあげた。

悲鳴をまきあげる奈美恵さんたちを尻目《しりめ》に、おじさんは荷台からぼーんと跳ねあがり、そのまま一気に田んぼの奥へと舞い戻っていった。

泣きながら逃げだす奈美恵さんたちの背後で、再び「おぉぉ〜い！」と叫ぶ声。

が、もう誰も構うことなく、一心不乱にペダルを漕ぎ続けたという。

廃屋のおばさん

平井《ひらい》さんが通う中学校の近所に、幽霊が出ると噂の廃屋があった。

木造平屋の古びた民家で、平井さんが知る限りでは昔からずっと廃屋だった家である。

周囲から聞こえてくる話によれば、夜になると誰もいないはずの窓に小さく明かりが灯《とも》るとか、探検に出かけた先輩たちが家の中で女の声を聞いたとか、いずれもどこかで聞いたような、他愛もない話ばかりだったという。

ある日の夕方、平井さんは噂を冷やかすつもりで、友人たちとこの廃屋へ乗りこんだ。

玄関には鍵《かぎ》が掛かっておらず、容易に侵入することができたという。

土足で家の中へ上がりこみ、家中の障子や襖《ふすま》を片っ端から開けて回った。

いずれの部屋も割れたガラスや食器などが畳の上に散乱し、ほこりの積もった家具やテーブルなどが置いてあるだけ。

不気味といえば不気味だが、別段、怪しい気配などは感じられない。

「やっぱりこんなもんだよな？」

肩を竦《すく》めて笑いながら、平井さん一行は廃屋のさらに奥へと向かって進んでいく。

廊下の突き当たりに〝便所〟と札の貼られたドアがあったので、開けてみた。

中を覗《のぞ》くと、狭い個室に黄色いエプロンを着たおばさんが立っていた。

「うわっ！　すいません！」

ぎくりとなって、ばたんとドアを閉め直す。

一瞬の沈黙。

仲間たちと無言で顔を見合わせたあと、思わず一斉に「ええーっ！」と声をあげた。

恐る恐るドアをノックしてみる。だが、返事はない。

平井さんが意を決して再びドアを開け放つと、中には誰もいなかった。

仲間の誰かが「ぎゃっ！」と悲鳴をあげたのを合図に、みんなで一目散に逃げだした。

もつれる足で玄関口をくぐり抜け、どうにか戸外へと一斉に飛びだす。

とたんに背後の頭上から「おい！」と叫びつけられた。

振り返って見あげると、半壊した瓦《かわら》屋根の上に先ほどのおばさんが仁王立ちになって、こちらをじっと見おろしていた。

平井さんたちは再び大きな悲鳴をあげると、全速力で廃屋を逃げだしたという。

消せる幻

私が中学時代に体験した奇妙な出来事は、先に割愛したお不動さんにまつわる話の他、「桐島加奈江《きりしまかなえ》」という、ある少女にまつわる長大な怪異がその大部分を占める。

こちらの全容も、すでに別の本でおおむね語り尽くしてしまっているので、本書では割愛させていただくことにする。

代わりにこれらのエピソード以外で、未だにあれはなんだったのだろうと首をひねる、中学時代の体験を紹介させていただきたいと思う。

中学三年生の秋口のことである。

その日、私は母とふたりで地元のスーパーへ買い物に出かけていた。

店に入ってしばらく経った頃である。店内を歩き回るうち、腹が痛くなってきた私はあわててトイレへ駆けこんだ。

トイレは店の入口付近にあり、照明が少し薄暗い以外は、ごくありふれた造りである。

個室のドアを開け、和式便器をまたいで用を足す。

数分後、用を足し終え、個室を出ようとした時だった。

視界の端に妙な違和感を覚えて振り返ると、いつのまにか個室の片隅に小さな子供が笑みを浮かべて立っていた。

思わずぎょっとなって身を引く。恐怖よりも、驚きのほうが強かったように思う。

「どうやって入ってきた！」

眉根《まゆね》を引きつらせながらも子供の顔を見おろし、ショックにまかせて叫びつけてやる。ところが子供の顔を直視したとたん、私ははっと息を呑《の》んでしまう。


目の前に立つ子供は、幼い頃の私自身だった。


背恰好《せかっこう》から判断して、おそらく小学校二年生か三年生の頃の私である。髪型も衣服も、当時の私そのままの姿で〝幼い私〟は、私の顔を見あげていた。

幼い私は、顔に貼りついたような笑みを浮かべたまま、まったく微動だにしなかった。両手は太腿《ふともも》のところで綺麗《きれい》に揃えられ、両脚もきちんとまっすぐに伸ばされている。

その姿はまるで、記念写真の撮影に臨む〝気をつけ〟のポーズのようだった。

あまりにも不条理なうえに、前後の脈絡さえも汲《く》み取れない〝自分自身〟との遭遇に、私の頭はたちまち混乱をきたす。

ドッペルゲンガーという現象がある。平たく説明するなら、その場にいるはずのないもうひとりの自分自身と遭遇してしまうという怪異である。

ところがドッペルゲンガー現象において確認される〝もうひとりの自分〟というのは、あくまでも〝今現在における〟自分自身の姿であるとされている。

だが今、私の目の前にいる〝自分自身〟はどうだろう。幼い頃の私である。

これでは辻褄《つじつま》が合わない。ドッペルゲンガーという解釈は、私の中でみるみるうちに立ち消えていった。

ならば一体なんなのだろうと悩んだ末、私は〝幼い私〟に手を差し伸べてみた。

私の指先が頭のすぐそばまで迫ってきても、それでも幼い私は微動だにしない。

意を決して頭頂部に手のひらを載せる。ふさりとした頭髪の感触が手のひらに伝わり、私はびくりとなって手を離した。

高鳴り始める胸の鼓動にぐっと息を詰まらせながら、再び幼い私へと視線を向ける。とたんに動悸《どうき》が一層速まることになった。

幼い私は相変わらず、その場に凍りついたように固まり、無垢《むく》な笑みを浮かべている。しかし、つい今しがた私が手を載せた頭頂部は、まるで消しゴムでこすったかのように、そこだけ薄くかすれていた。

頭頂部に手のひら形の空白を覗かせる〝私〟の姿は、とても不気味で厭《いや》だった。

このまま逃げだしたい気持ちにも駆られたが、すぐに私ははっとなって思い直す。

もしもこれを放って逃げだしたら、次にトイレへ入った他の誰かに見られてしまう。自分自身の異様な姿を他人に見られることに、私は激しい嫌悪と恐怖を感じた。

どうしようと考えるより先に、気づけば勝手に手が動いていた。

張り子のように佇《たたず》む幼い私に両手を突きだすと、私は無我夢中でその身をまさぐった。

小さな身体の上を手のひらが線を描いて走るたび、幼い私は少しずつかすれていった。

目を消し、鼻を消し、耳を消し、口を消し、首から上を残さず綺麗に全部消していく。

幼い私の頭は、窓に浮いた結露のごとく、いともたやすく消えていった。

それから胸を、腕を、腹を消して、最後は足の先まで全て残さず消してやった。

すっかり消し終えると、あとには何もなかったかのように薄暗いトイレの個室だけが目の前にあった。

これでもう大丈夫。私は誰にも見られることはない。

いつのまにかカラカラに干あがっていた喉《のど》から深々とため息が漏れると、私は急いでトイレをあとにした。

当然ながら、こんな話を母にできるわけなどなかった。

再び売り場に戻った私は、母の姿を見つけても言葉少なに並んで歩き、もやもやした気分を抱えたまま店を出た。

その後、私の身に何か変わったことが起きたということもない。

だから未《いま》だにあれがなんだったのか、今になっても私は首をひねるばかりなのである。

先駆者

ソーシャルワーカーを務める江藤《えとう》さんが、高校時代にこんな体験をしている。

江藤さんはある週末の晩、中学時代の友人たちを自宅に招いて遊ぶ約束をした。

しかし約束当日の放課後、部活の急用で足止めを喰らい、ようやく家路に就けたのは、すでに夜の八時を回る頃だったという。

急いで帰宅すると、玄関口に友人たちの靴が並んでいた。ひとまず安堵《あんど》の息を漏らす。

「ただいま」の挨拶《あいさつ》もそこそこに、自室がある二階へと駆けあがる。

部屋の中からは、友人たちの談笑する声が賑《にぎ》やかに聞こえてきた。

「よお！」と声をかけながら、部屋のドアを開ける。すると。


車座になった友人たちに混じって、江藤さん自身の姿がそこにあった。


一瞬、時が止まったかのような沈黙が、部屋の中に舞い降りた。

車座に混じっていたもうひとりの江藤さんは、右手にスナック菓子をつまんだまま、呆気《あっけ》にとられたような表情で江藤さんの顔を見あげている。

一緒に座っていた友人たちは、ドアの前に立ち尽くす江藤さんと、今まで一緒にいた江藤さんの顔とを、交互に黙ったまま見比べている。

やがて誰かが「うおあぁあぁうぁぁ！」と素《す》っ頓狂《とんきょう》な悲鳴をあげたのが、合図だった。つられて江藤さんと他の友人たち、そしてもうひとりの江藤さんも一斉に悲鳴をあげた。

騒ぎを聞きつけた江藤さんの両親が、すぐさま部屋へと駆けこんでくる。

江藤さんはしどろもどろになりながらも必死に説明を始めたが、ふと気づいた頃にはいつのまにか、もうひとりの江藤さんは姿を消していた。

それから少し時間が経ち、どうにか気分も落ち着いてきた頃。

みんなにこれまでのなりゆきを尋ねてみる。

友人たち曰《いわ》く、もうひとりの江藤さんは初めから家にいた。約束の時間にやって来た自分たちを、玄関口でいつもとなんら変わらない調子で出迎えたのだという。

それから自室で雑談に興じ、江藤さんの母親が部屋に運んできてくれた夕飯を食べた。

その後、再び雑談を交わしているところへ江藤さんが帰ってきたとのことだった。

夕飯を運びに来た母親も、部屋にいた江藤さんに普段と違った様子はなかったと語る。

奇妙な事件にしんと静まり返った江藤さんの部屋には、先刻もうひとりの江藤さんがつまんでいたスナック菓子が、置き土産のごとく絨毯《じゅうたん》の上に転がっていた。

——ドッペルゲンガーとは本来、こうした現象のことを指す。

離魂病

不動産業を営む町田《まちだ》さんから伺った話である。

ある冬の晩のことだった。夕飯を終え、町田さんと奥さんが居間でくつろいでいると、風呂場《ふろば》のほうから突然、高校生になるひとり娘・玲《れい》さんの金切り声が響いた。

何事かと思い、ふたりが腰をあげるより早いか、ばたばたと廊下の床板を踏み鳴らす足音とともに、玲さんが丸裸のまま居間へと駆けこんできた。

「なんだお前、そんな恰好で！」

娘のあられもない姿にぎょっとなりながらも、町田さんが怒鳴り声をあげる。

「お風呂にあたしがいる！　あたしがいるのよ！」

ところが当の娘は心ここにあらずといった様子で、要を得ないことをわめきたてる。

「ちゃんと分かるように説明しなさい」

着ていたカーディガンを娘に羽織らせ、今度は奥さんが静かに問うた。

その声で玲さんは少し落ち着きを取り戻したのか、がたがたと細身を震わせながらも、やおらふたりの腕をぐいと引っ張り、「ちょっと来て」と風呂場のほうへ誘《いざな》った。

「湯船からあがって、髪を洗ってたのね」

風呂場へ続く廊下を歩きながら、玲さんはぽつぽつと話し始めた。

「で、洗い終わって湯船に戻ろうとしたら、あたしがもうひとり湯船の中に浸《つ》かってて、あたしの顔を見てニィーッて笑ったの」

そんな馬鹿なと、町田さんは思ったが、娘の顔はあまりにも真剣だった。

真実はどうあれ、少なくとも娘がこれほどまでに取り乱す何かが、風呂場で起こった。それだけは間違いないと確信した。

ほどなく風呂場のドアの前にたどり着き、町田さんが恐る恐るドアを開ける。

脱衣所奥の磨《す》りガラスには白い湯気が立ち上り、浴室の中は霞《かす》んでほとんど見えない。

えいやと浴室のドアを開け放ち、勢い中へと飛びこんでみる。


とたんに湯船の中でくつろぐ玲さんと目が合った。


思わず町田さんの口から「うわっ！」と大きな悲鳴があがる。

果たして娘の言うとおり、浴槽の中にもうひとり、玲さんがいた。

「きゃあああああああああああ！」

町田さんの悲鳴から一拍置いて、今度は湯船の中にいた玲さんも悲鳴をあげた。

「わあああああああああああああ‼」

突然の悲鳴にさらに驚いた町田さんも、つられて大絶叫を張りあげる。

町田さんの脇から浴室へ顔を覗《のぞ》き入れた奥さんも、同じく大きな悲鳴をあげた。

「ちょっと、なんなの！　出てって！　出てってよバカ！」

湯船の中の玲さんが血相を変え、町田さんに向かって罵声《ばせい》を浴びせる。

「お前は一体、誰なんだ！」

慄《おのの》きながらも、必死で怒声を返す町田さん。

「何言ってんの！　バカじゃないの！　ワケ分かんない！　いいから出てってよ！」

凄《すさ》まじい怒声と状況の異常さに気圧《けお》されて、ふたりはあわてて風呂場から飛びだした。

直後、さらなる異変に気がついて、町田さん夫妻は慄然《りつぜん》とする。

つい今しがたまで、ふたりの傍らにいたはずの玲さんが、忽然《こつぜん》と姿を消していた。

奥さんが「ねえ、これ見て……」と言って、がたつく指で廊下の床を指し示す。

廊下の床板には、先ほど玲さんに羽織らせていた奥さんのカーディガンが、くたりと崩れたようになって脱ぎ捨てられていた。

恐る恐る町田さんが拾いあげてみると、カーディガンの内側は生暖かい湿気を含んでうっすらと湿っていた。

夫婦で真っ青になりながら居間へと引き返していくと、他にも娘の痕跡《こんせき》が見つかった。

裸足《はだし》の濡《ぬ》れた足跡が居間へと向かって駆け抜けていく分と、再び歩いて風呂場へ戻る分。

それらが薄暗い廊下の床板にしっかり残されていたという。

数分後、風呂からあがった玲さんが、激昂《げっこう》しながら居間へと駆けこんできた。

ふたりは事の一部始終を玲さんに辛抱強く説明したが、彼女の怒りは収まらない。

玲さん自身は〝もうひとりの自分〟など、まったく身に覚えがないと憤る。入浴中も普段と何も変わることはなかったと、ふたりに向かってさんざん怒鳴り散らした。

それではあのもうひとりの玲さんは、一体なんだったのだろう……。

娘にがみがみ怒られる中、町田さん夫妻の疑問はいつまでも消えることがなかった。


それから数日後。

会社で仕事をしていた町田さんに、奥さんから電話が入った。

学校の授業中、玲さんが突然昏倒《こんとう》して意識不明の重体である、という報《しら》せだった。

それから約一週間、玲さんは原因不明の昏睡状態が続いた。

幸いなことに意識を取り戻したのちは後遺症も残らず、その後の経過も快調だったが、もうひとりの玲さん出現と、この昏倒騒動の因果関係もまた不明だという。

玲さんは現在成人し、元気に社会生活を送っている。

代筆

私のドッペルゲンガーめいた体験は、実は他にもうひとつある。

高校一年生の二学期のことだった。

当時、新聞委員会に所属していた私は、高体連の取材記事を書かされることになった。

私が担当したのは、隣町の高校で開催されるバスケットボールの試合である。

試合当日の朝、私は母校の最寄り駅から列車に乗りこみ、目的地の高校へと向かった。

しかし目的駅へと降り立ち、いざ市街を探してみると、高校の所在地が分からない。

一時間ほど市街を歩き回ってはみたものの、結局高校を見つけることはできなかった。

交番なり手近な店なりに入って尋ねれば、きっと所在地はすぐに分かったのだと思う。

けれども私はそれをしなかった。

新聞委員会など、元々入りたくて入ったわけではない。取材など、面倒なだけだった。

同じくバスケはおろか、スポーツ自体にも私はまるで興味のない人間だった。

幸い、取材記事の提出期日は一週間後だった。試合の結果は誰かに尋ねれば分かるし、記事の中身ももっともらしいことを書き綴《つづ》れば、誰からも文句は出まいと判じた。

職務放棄した私はその日、市街で適当に時間を潰《つぶ》し、何食わぬ顔で母校へ戻った。

翌日、果たして私の読みどおり、試合結果は同級生の口から簡単に知ることができた。あとは適当に言葉を飾ってそれらしい記事に仕立てるだけである。楽なものだった。


試合から一週間が過ぎた、取材記事の提出期日。

昼休みにできあがった原稿をたずさえ職員室へ行くと、満面の笑みで私を迎え入れる担当教師の姿があった。

「素晴らしい記事だった。感動したよ！」などと、担当教師は私を過剰に褒めちぎる。

困惑しながらも黙って教師の言葉に耳をかたむけていると、朝いちばんで私が原稿を持って職員室に来たらしい。その出来が素晴らしいので、彼は満悦しているのだった。

適当に話をごまかし、私が提出したという原稿を見せてもらった。

すると確かに私の筆名で、それも巧みな文章表現で書かれた原稿用紙を見せられた。

誰かが私の代わりに書いたと考えても、そんなことをして得をする人間などいない。

しかも原稿用紙に綴られた筆跡は、どう見ても私のものとしか思えないものだった。

「この調子で次もがんばってくれよ」

目尻《めじり》をさげて私の肩を叩《たた》く教師の手前、私は「はい」と答えて、職員室をあとにした。

結局、次にまかされた仕事は、悪い頭を使って高水準なものを仕立てあげねばならず、私は大層難儀させられる羽目になった。

こっくりさん

専業主婦の絵美香《えみか》さんが、高校二年生の時の話である。

放課後、人気のなくなった教室で友人たちとおしゃべりをしていると、ふいに友人のひとりが「こっくりさんやろうよ」と言いだした。

絵美香さんを含むみんなの第一声は「ええ？　やだあ、怖い！」と拒絶気味だったが、ノリのいい年頃の話である。結局みんな、好奇心と怖いもの見たさがむくむくと膨らみ、あれよあれよと言ううちに、白紙に丸文字で五十音を書いた交信表ができあがった。

「こっくりさん、こっくりさん、お越しくださいましたらお返事をしてください」

発案者の友人を始め、こっくりさんは全員初体験だった。白紙の上に置いた十円玉にみんなで指を載せながら、テレビや漫画でうろ覚えの台詞《せりふ》をたどたどしく述べる。

ほどなくすると、十円玉がゆるゆると動きだした。

「きゃっ！　うそ、マジ？」

みんなで悲鳴をあげながらも、十円玉の動きを注意深く見守る。

い　ま　い　る

時間にしておよそ数十秒をかけ、十円玉が「る」のところでぴたりと止まった。

「おおっ！　マジで来てる？　これマジで来てるっぽい？」

十円玉を囲みながら、みんなで口々に驚きの声をあげていたさなかだった。

ふいに声がぴたりと止んだかと思うと、みんな一斉に絵美香さんのほうへ目を向けた。

「え、何？　ちょっと怖いんだけど？」

笑みを浮かべて話しかけた顔が、自分でも否応なしに引きつっているのが分かった。

友人たちはみんな、目を点のようにしてぽかんと口を開け、絵美香さんのほうを——

正確には、絵美香さんの背後を凝視していたからである。

次の瞬間、友人たちがほとんど同時に悲鳴をあげ、跳ねるように立ちあがった。

「な、何？　ちょっとなんなのよッ！」

絵美香さんの問いには誰も答えず、みんな我先にと廊下へ向かって駆けだしていく。

動揺した絵美香さんも、泣きながらそのあとを懸命に追った。


その後、どうにか友人たちを捕まえ、べそをかきながら事情を尋ねてみたのだという。

ところがみんな、蒼《あお》い顔で口を閉ざし、絵美香さんの問いかけに答える者はいなかった。

幸い、翌日以降も友人たちの交遊は変わることなく続いた。

けれどもあの日、放課後の教室で絵美香さんの背後に見えた〝何か〟についてだけは、
とうとう卒業するまで誰も答えてくれなかったのだという。

尋ねるとみんな、目に涙を浮かべるほど怯《おび》えていたと、絵美香さんは話を結んだ。

怖い話

松坂《まつざか》さんが高校三年生の時、こんなことがあったという。

部活の時間、体育倉庫で仲間たちと怖い話をすることになった。

五人ほどのメンバーで薄暗い体育倉庫のまんなかに陣取り、車座になって話を始める。

テレビや深夜ラジオで見聞きした怪談話の再現を始め、学校に伝わる七不思議などが思いつくままに次々と語られ、弥《いや》が上にも顔は強張《こわば》り、総身がぶるりと震えあがる。

小一時間ほど語り倒し、怖い気分が最高に盛りあがっていた、まさにその時だった。

「お前ら、いい加減にしろよ!」

倉庫の扉が突然がらりと開かれるなり、頭の禿《は》げた男性教諭が中へと飛びこんできた。

松坂さんたちが言いわけするまもなく、男性教諭はその場にいたメンバー全員の頰を次々と引っぱたくと、ずかずかとした足取りで体育倉庫を出ていった。

「痛ってえなあ、いきなり何すんだよ……」

頰を押さえながらみんなで毒づくさなか、一同揃って「ああっ!」と叫びをあげる。

松坂さんたちを引っぱたいたのは、昨年首を吊《つ》って死んだ男性教諭だったのである。

添い寝

喜久子《きくこ》さんが高校時代、高熱をだして学校を休んだ日のこと。
ぼおっと火照る身体に身悶《みもだ》えしながらも、いつしか喜久子さんは深い眠りへと落ちた。
何時間経った頃だろう。ふと目覚めると、隣でお母さんが添い寝をしてくれていた。
すやすやと静かな寝息をたて、お母さんはおだやかな顔でゆったりと眠っている。
右手は喜久子さんの額にそっと当てられ、左手は喜久子さんの手を握っていた。
お母さんの温《ぬく》もり。感触。甘くて優しい洗剤の匂い。とても心地がよかった。
ずっとこうしていたかった。
だが、そこで喜久子さんははっとなり、がばりと起きあがってしまう。
お母さんは、四年も前に交通事故で亡くなっているのだ。
ふと気がつくともう、お母さんの姿はどこにもなかった。
ただお母さんの寝ていた畳の上だけが、ほんのりと少し温かかったという。
あの時あのまま、気づかないふりをしておけばよかった……。
今でも喜久子さんは少しだけ悔やむという。

ひとひらの雪

高校一年生の夏休み。八月の蒸し暑い夜のことだった。

自室で私と弟がテレビゲームに興じていると、先ほどまで歓声をあげていた弟の声が、ふいにぴたりと止んだ。

怪訝《けげん》に思って声をかけると、弟は顔色を真っ青にして、ぼろぼろと涙をこぼしている。

「どうした？」と尋ねると、弟は困惑した様子で「呼ばれた」と震え声でつぶやいた。

なんでも夢中でゲームに興じていたところへ突然、耳元で名前を呼ばれたのだという。

声は老婆のように嗄《しわが》れていたが、音は明瞭《めいりょう》ではっきり聞こえた、と弟は語る。

無論、部屋には私と弟以外、誰もいない。

当時、母方の祖母が遠方に独りで暮らしていたので、あるいは虫の知らせかと思った。

泣き続ける弟を半ば引きずるようにして、両親の部屋へと向かう。

話を聞いた両親も弟のただならぬ様子を心配し、すぐさま祖母の家へ電話を入れた。

ところが祖母の身にはなんら変わりはなく、無事だという。

ならば一体、あれは誰の声だったのか。親子で頭をひねり合ったのち、結局もう一度、部屋の中を検《あらた》めてみようということになった。

部屋まで戻ってドアを開けた瞬間、家族一同「うわっ！」と声を張りあげた。

真夏の、それも蒸し暑い夜だというのに、部屋の中が真冬のように冷えきっていた。暑さのため、部屋の窓は全て開け放たれている。だが、そうした状態にもかかわらず、部屋の中は鳥肌が立ち、身震いするほど寒々と冷えきっていた。

異様な事態にすっかり血相を変えた母は、わななく足で仏壇から香炉を持ってくると、部屋の中央に置いて線香を立てた。

凍《い》てつくような寒さの中、家族全員で線香の紫煙がたなびくのをしばし呆然《ぼうぜん》と眺める。

部屋の冷気は数分ほどで嘘のように消え去り、室内に再び蒸し暑い熱気が戻った。

その後、家族であれやこれやと井戸端会議のような議論を交わし合ってはみたものの、この夜、弟が聞いた声と謎の冷気については、結局なんの結論も出なかった。

弟は冷気が収まっても怖がっていたため、私の自室で一緒に寝ることになった。

同じ晩。

弟とふたり、床を並べて寝入った私は、とても厭《いや》な夢を見た。

夢の中で私は、どこかの屋敷の暗い座敷の中にいて、部屋の片隅に独りで座っている。

眼前には行灯《あんどん》と大きな火鉢が置かれ、暗い部屋を赤黒くほんのりと染めあげていた。

しばらく黙って座っていると突然、隣の座敷の襖《ふすま》が勢いよく開け放たれた。

続いて、座敷の中に白い襦袢《じゅばん》姿の女が飛びこんでくる。

女は畳の上に前のめりになって倒れこみ、顔面をしたたかに打って「うぅ」と悶《もだ》えた。
すかさずそのうしろから、紋付袴《はかま》に髷《まげ》を結った侍風の男が座敷の中へと入ってきた。
男は倒れこんだ女の元へずかずかと歩み寄ると、女の腹や背中を滅茶苦茶に蹴《け》りあげ、
「起きろ！」と怒鳴り散らした。
男は、痛みにのたうち身をよじって逃げようとする女の襟首を乱暴につかみあげると、
赤々と炭火が燃える火鉢の中へ女の頭を突っこんだ。
とたんに皮膚と髪の毛が焦げる異様な臭気と、獣じみた女の絶叫が座敷中に木霊《こだま》する。
火鉢の傍らでは、ばたばたと痙攣《けいれん》する女の手足が、畳の上で狂ったように暴れていた。
しばらくすると、男は女の頭をぐいと引きあげた。
女の顔は赤黒く焼けただれ、鼻と口から白い煙と湯気が濛々《もうもう》と立ち上っている。
男はその顔を見ると陶酔したかのような、どこかうっとりとした笑みを満面に浮かべ、
それから再び、女の貌《かお》を火鉢の中へと突っこんだ。
男は、悶え苦しむ女の首を火鉢の中へ叩《たた》きこんでは引きあげるという作業を、何度も
何度も執拗《しつよう》に繰り返した。
火鉢の中へ叩きこまれ、引きあげられるたびに女の顔は少しずつ原形を失っていく。
焼けた肉はしだいに焦げ剝《は》がれて、血に染まった頬骨が肉の間から覗《のぞ》き始めた。
髪の毛は前半分がすっかり焼け落ちて、顔全体が燃え盛る隕石《いんせき》のようになってゆく。
その光景の凄惨《せいさん》さに耐えきれず、私は口元を押さえながら身を背ける。

すると、背けた身体の正面にいつのまにか喪服姿の老婆が座っていた。老婆は怯える私の顔を眺めて、にたにたと笑っている。

よく見るとそれは、私の曾祖母《そうそぼ》だった。

曾祖母の目は瞳《ひとみ》ばかりが異様に大きく、碁石のように黒々と濡《ぬ》れ光っていた。曾祖母は真っ黒な瞳に嬉々《きき》とした色味を滲《にじ》ませ、「お前もやってみろ」と私に言った。

私が断ると、「迷うようなことか」「やってみれば悪いもんじゃない」などと語って、今度は盛んに私を焚《た》きつける。

それでも固辞し続けていると、最後には「バカ者」「意気地なし」「腰抜けが」などと激しく私を罵《ののし》り始め、突然私に向かって猫のように飛びかかってきた。

私は悲鳴をあげながら背後の障子を開け放ち、転がるようにして座敷を飛びだす。

戸外では闇夜に牡丹餅《ぼたもち》のような大雪がしんしんと降りしきっていた。

眼前は見渡す限り深い雪と黒い闇に覆われ、何も見えない。

私は裸足《はだし》のまま戸外へ飛び降りると、膝《ひざ》まで浸《つ》かるような雪の中を駆けだした。

大雪の降りしきる漆黒の中をどこまでも延々と駆けてゆく。行き先など、分からない。

ただあの屋敷から少しでも遠くへ逃げていきたい。その一心で私はひたすら走った。

しばらく走り続けていると、やがて目の前に瓦塀《かわらべい》の白い壁が見えてきた。

塀は私の背丈の何倍も高く、右に左にどこまでも果てしなく広がっている。

まるで刑務所のような塀だった。

ああ、これでは逃げられない……。

高々とそびえる塀に絶望していたところへ、再び背後から曾祖母の怒声が鳴り響く。

びくりとなって振り返ると、曾祖母が深雪を掻《か》き分け、私の許へ迫りつつあった。

曾祖母のさらに背後には、とてつもなく巨大な屋敷の輪郭が見える。

行灯《とうか》の灯火で橙色《だいだいいろ》に染まった屋敷の障子という障子の白幕には、悲痛な叫びをあげてのた打ち回る女たちの姿と、それらを嬉々として折檻《せっかん》し、足蹴《あしげ》にしている男たちの姿が、影絵のように大きく浮かんで、どろどろと踊り狂っていた。

私は再び絶叫し、そこでようやく目が覚めた。


目覚めると心臓が早鐘を打ち、全身に冷や汗が浮いていた。

夢の余韻にがたがた震えているところへ、傍らで眠る弟の顔がふと目に止まる。

見れば、弟の顔が紙のように真っ白になっていた。

はじかれたように布団から起きあがると、私はすぐさま弟の身体を激しく揺さぶった。

弟が死んでいると思ったのだ。

首から下に薄手の夏掛けをかぶり、仰向《あおむ》けになったままぴくりとも動かない弟の姿は、まるで通夜のような悲しさを切々と滲ませていた。

幸いにも弟はすぐに目を覚ました。それを受けて、私は深々と安堵《あんど》の吐息を漏らす。

死相のように見えた顔色も、目が覚めるといつのまにか元の血色に戻っていた。

「大丈夫か？」と尋ねると、「変な夢にうなされていた」と、弟がかすれた声で答える。

どんな夢だったかは憶《おぼ》えていないが、とても怖い夢だったと、弟はため息をついた。

それを聞いた私は、はっとなって息を呑《の》む。

——もしかしたら、それはこんな夢だったか？

そう言って、先刻見た夢の話を切りだそうかと一瞬悩んだが、すぐに思い留《とど》まった。

仮に夢の仔細《しさい》をつまびらかに話して、弟が「同じ夢だ」と応《こた》えたら？

交互に夢のあらすじを語り合って、淀《よど》みなく語り終えることができたとしたら？

そんなことが頭に思い浮かんだとたん、首筋にぞくりと悪寒が走った。

夢は夢である。目覚めればもう、それはなんの実害もない絵空事へと変じゆく。

だが、たとえそうは思えど、私の本能は何か、得体の知れない警報を発してもいた。

毒蛇が蠢《うごめ》く巣穴にわざわざ手を突っこむような、そんな危ういことをすべきではない。

そんな危機感を激しく覚え、私は固く口を閉ざすことに決めたのだった。

それほどまでに私の見た夢は生々しく、とてつもなく忌まわしい空気を孕《はら》んでいた。

それにもうひとつ——。私が口をつぐんだ理由は、他にもあった。

漠然とした危機感よりも、こちらはさらに決定的なものだった。

白い顔で目覚めた弟の首筋には、霜のような雪がひとひら、付着していたのである。

雪は私が見ている前で体温に溶かされ、みるみるうちに水滴へと変わった。

それを見た瞬間、私は考えたくもないことを考えてしまったのである。

つい先刻、単なる夢以上にとんでもないことが、私たちの身に起きたのではないか。と。

語れば何か悪いことが起きるような、ほとんど確信めいた予感も覚えた。

だからなおさら私は、固く口を閉ざすことにしたのである。


その晩はどうしても眠ることができず、朝までずっと起き続けていた。

弟の身にまた何か起こるのではないかという危惧《きぐ》も抱いていたし、眠ってしまったらまたあの夢の続きを見るのではないかと怖かったのだ。

折よく、そのいずれも起きることはなかった。翌朝遅く、弟は何事もなく目覚めたし、その後に眠った私も夢の続きを見ることはなかった。

ただ、弟が聞いたという不審な声の正体を始め、異様な夢の原因など、明確な答えはその後も何ひとつ出ることはなかった。

代わりに漠然とした不安ばかりがただ残り、私はしばらくの間、毎晩眠りにつくのがとても憂鬱《ゆううつ》なものに感じられるようになってしまった。

幻覚寺

同じく、私が高校時代の話である。

高校在学中、私は毎年春に開かれる町内の桜祭りで、神輿《みこし》行列のバイトをしていた。神輿は大八車の上に載せられ、総勢五、六人のメンバーで引きつ押しつつ、進ませる。この神輿を基準にして、その前後を傘や幟《のぼり》、太鼓を抱えたバイト学生たちが隊列を組み、町の中心部をたっぷり一日かけて行進するのである。

担ぐわけではないとはいえ、神輿はそれなりの重量があるものだった。神輿の担当自体は、時間ごとに傘や幟の持ち手と交代される仕組みになっていたため、日がな一日押し引きすることはない。それでも毎年、神輿の順番がくると汗水垂らして小一時間は押し引きしなければならず、大変な思いをさせられたものである。

そんな骨身に応える神輿行列の中、私たちバイト学生が何より楽しみにしていたのは、道中の商店街や民家の軒先を借りて時折挟まれる、小休憩の時間だった。

休憩時間は町内の方々からの厚意で、ジュースやお菓子などが気前よく振る舞われた。世話役から休憩の合図が出ると、私たちは路上にどっかと腰をおろし、差しだされたジュースやお菓子を夢中でがっつきながら、町内踏破に向けて大いに英気を養った。

こうした小休憩の中、私が特に待ち焦がれていたのは、町内の寺で過ごす時間だった。寺は、周囲に民家のひしめく住宅地の中にあり、境内の四方は高い堀に囲まれていた。そのため、中へ入るには堀の上に架けられた木橋を渡らなければならない。

木橋を渡り山門を抜けると、眼前の参道にはたくさんの桜が満開の花を彩らせている。桃色の花びらが舞い散るその只中《ただなか》には、若くて綺麗《きれい》な寺の奥さんが涼やかに佇《たたず》んでいて、いつも私たちを優しい笑顔で出迎えてくれた。

歳は三十代の初めぐらい。色白で透きとおるような肌質と、うなじの上側にふさりと結わえられた長い黒髪。泉のように澄んだ瞳が印象的な、眩《まばゆ》いほどに麗《うるわ》しい人だった。

奥さんは毎年、桜の花びらと錦鯉《にしきごい》が足元に泳ぐ、裾模様《すそもよう》の華やかな着物を召していた。物腰も仕草も声風《こわぶり》も、その何もかもが婉然《えんぜん》としたこの人を、私はとても好きだった。

奥さんに差しだされた和菓子と甘茶を堪能《たんのう》しつつ、遠くに佇む奥さんをそっと眺める。世話役やバイト仲間たちと談笑し、ふくふくと笑う奥さんの姿を遠目に眺めていると、私は息が詰まるほど切ない想いに駆られた。

それは恋心や下心ともまた違う、大人の女性に対する一種の憧《あこが》れのような感情だった。思えばこの奥さんに会うのが楽しみで、私は神輿のバイトを続けたのかもしれない。

そんな私だったが、高校を卒業後は神輿のバイトを続けることもなくなってしまった。卒業後、仙台の美術専門学校に通い始めたこともあって、何かと時間に追われる日々が多くなったためである。

忙しい毎日の中、記憶の中の奥さんはしだいに精彩を失い、尊崇の念も薄れていった。気づけばいつしか自然と、私は祭り自体にも足を向けることさえなくなってしまった。


それから月日が経った、数年後。

ある夜、私は懐かしい友人たちと久々の再会を果たし、昔話に花を咲かせた。

友人たちはいずれも当時、私と一緒に三年間、神輿行列に参加した仲間である。

神輿の話題で盛りあがる中、私はしばらくぶりに、あの奥さんのことを思いだした。

「休憩の時さ、お寺に綺麗な奥さんがいたよな。俺、実はあの人、大好きだったんだ」

耳たぶを火照らせながら、私は思いきって告白する。

「は？　誰のこと？」

きょとんとした顔で、友人のひとりが私に返す。

「ほら、あのお寺の奥さんだよ。いつも着物姿でさ、色白で優しくて、美人の奥さん」

「ていうか、お寺ってどこの？」

眉間《みけん》にしわを寄せ、もうひとりの友人が私に尋ね返す。

「憶《おぼ》えてないのか？　周りが堀で囲まれたお寺だよ。橋を渡って中に入るとこ」

「知らない。どこだそこ？」

最後の友人が首をかしげて、私に言葉を投げ返す。

……え？

その後、私は友人たちに寺の風景や奥さんの姿を詳細に、とうとうと語って聞かせた。

だが友人たちは私の力説についぞ首を縦に振ることはなく、最後には全員、満場一致で「そんな寺は知らないし、行ったこともない」と私に断言した。


困惑した私は翌日、薄い記憶をたどりながら、車で町内の住宅地に入り、道という道、路地という路地をくまなくつぶさに回って、件《くだん》の寺を探し歩いた。

が、果たして友人たちの言うとおり、住宅地のどこを探しても寺は見つからなかった。

もしかしたら、寺の所在地を間違えて記憶しているのかも知れない。

今度は当時、神輿が巡回したコースを始めから、できうる限り忠実にたどってみた。

結果は同じ。町中のどこを探しても、そんな寺など見つからなかった。

けれども私の記憶の中には、あの寺の風景と奥さんの思い出が間違いなく残っている。

ならばやはり、寺はこの町のどこかに存在するのである。


あきらめきれず、寺を求めて再び車を発進させるべく、サイドブレーキに手を伸ばす。

だが、そこで昨夜の友人たちの言葉をはらりと思いだし、私の手は虚《むな》しく止まった。

所在地が云々《うんぬん》という問題なのではない。

友人たちは寺そのものを、あの奥さんの存在そのものを、知らないと言っていたのだ。

所在地だけの単なる記憶違いなら、友人たちも覚えているはずなのである。

忘れるわけなど、絶対にないはずなのだ。

だって、あんなに綺麗な奥さんなのに……。

結局、私の記憶の中にだけ、こんな美しい情景が今でも色鮮やかに残されている。

麗《うら》らかな春の日差しの中、はらはらとおだやかに桜の花びらが舞い散る境内で食べる、三色団子やあられ餅《もち》。振る舞われた甘茶をすすりながら、幽趣佳境な境内を吹き抜けるおだやかな春風にほっとため息を漏らす、ふわりと心地よいひと時。

そして友人たちの冗談にふくふくと笑う、色白で美人の優しい奥さん。

桜の花びらと錦鯉が足元にゆったりと泳ぐ、裾模様の上品なあの着物。

その何もかもを鮮明に憶えているが、これを遠い日の良き思い出にしてよいものか。

――それとも忘れるべきなのか。

今でも私は、時折思いだしては苦悩する。

初七日

高校三年生の夏、私の祖父が亡くなった。

初七日法要が終わった晩だったと思う。

奥座敷に組まれた祭壇へ赴くと、祭壇に向かって曾祖母《そうそぼ》が手を合わせていた。

不信心な曾祖母としては、極めて珍しい光景である。

曾祖母にとって、祖父は実の息子。それも長男に当たる人物だ。日頃、いかに神仏を蔑《さげす》んではいても、実子の逝去ともなればおのずと心情も違うのだろう。

初孫で長男だったこともあり、祖父は私のことをとてもかわいがってくれた人だった。

私も手を合わせようと思い、祭壇へ向かって歩みだす。

が、祭壇に近づくにつれ、視界に違和感を覚えた私は途中でぴたりと足を止めた。

段々に組まれた祭壇の上に、人影があった。

初め、私はそれを亡くなった祖父だと認識した。ところが祭壇に近づいていくにつれ、まったく違うものだということに気がつく。

祭壇の上に立っていたのは祖父ではなく、着物姿の見知らぬ男だった。

男は片手に血塗られた日本刀を持ち、もう一方の手には女の生首をぶらさげている。

頭には髷《まげ》が結われ、顔と着物には、真っ赤な返り血が点々になってこびりついている。男は寒々とした薄笑いを浮かべ、祭壇前で合掌する曾祖母をじっと見おろしていた。一瞬でも祖父かと期待した私が馬鹿だった。

そのまま無言で踵《きびす》を返すと、私は憤然としながら自室へ戻った。

こうした一連の事象に対し、この頃の私は、より現実的な解釈をくだしていた。

すなわち全て、脳か視神経の障害が引き起こす業《わざ》によるものだと。

有り体に言うなら、頭のどこかがおかしいのだと割りきるようにしていた。

相変わらず、私の目に映る〝世にありえざるもの〟は、緻密《ちみつ》な像を結んで視えていた。

けれどもそれは、他人の目には決して視えないものである。

ならばそれは、私の脳や視神経が見せる幻に他ならない。

そのように結論づけてしまうと、気持ちのほうはむしろ格段に楽だった。

またこの頃には、幼い時と異なり、時折〝妙なものが視界に映る〟という症状以外に、特にこれといった実害がないことも幸いした。

日常生活に支障がないのなら、何も問題はない。これは些細《ささい》な感覚障害の一種なのだ。

自分自身の視界に現ずる異常を理論的な解釈の下に受け入れた私は、その後はあまり、こうした事象に動じることもなくなっていった。

背番号

拝み屋を始めて以来、他人が持たない感覚を有する人からの相談は、枚挙に遑《いとま》がない。

死んだ人が視える人。人死にのあった場所が分かる人。他人の思考が読めてしまう人。

そうした人々の持つ異常な感覚というのは、それこそ十人十色なのだが、ひとつだけ彼らに共通する悩みがある。

そんな感覚を持った者の誰ひとりとして、己の特質を歓迎していないということだ。


まゆ子さんという、私と同年代の女性からこんな告白を受けたことがある。

彼女は物心ついた頃から、他人の背中に数字が浮かんで見える人だった。

ちょうど、スポーツユニフォームの背番号のような、黒字の太い書体だという。

ただし、まゆ子さんの目に見える数字は、スポーツユニフォームのみに限らなかった。

ワイシャツやセーター、コート。時には医師の着る白衣などにも発見することがあった。

あまりにはっきりとそれが見えるため、小さい頃は大して気にも留めなかったという。

世の中には背中に数字のプリントが入ったデザインのワイシャツやコートもあるのだと、疑うことすらないまま育った。

そんな彼女が初めて、自分の目に映る数字の異常性に気がついたのは、中学一年生の体育の授業でおこなわれた水泳の時間だった。

休憩中、プールサイドに座っていると、プールで泳ぐ男子の背中に例の数字が見えた。数は十四。衣服の背中に見える数字と同じく、黒の太字で大きく浮かびあがっていた。

裸の背中に数字を見るのは、この時が生まれて初めてのことだった。

さすがに物珍しい気持ちになり、隣に座っていた友人に「あれ、なんだろうね？」と水を向けてみる。

ところが友人は「そんなものなど見えない」と、訝《いぶか》しい顔でまゆ子さんに応《こた》えた。他の友人たちの回答も異口同音だった。この瞬間初めて、他人の背中に浮かぶ数字が自分の目にしか見えないことを、まゆ子さんは知る。

己の視覚の異変に気づいてまもなく、数字が表す意味も彼女は知ることになった。

プールの一件があったその翌年。背中に数字が浮かんでいたあの男子生徒が、病気で亡くなってしまった。歳はちょうど、十四歳になったばかりだったという。

長じた今でもまゆ子さんは、他人の背中に時折、数字を発見し続けている。

一時は地元の区役所に勤めていた時期もあったが、担当の窓口から来訪者が去る瞬間、彼らの背中に数字を見てしまうことに耐えきれず、退職してしまったのだという。

まゆ子さんは現在、他人の背中を見ることのない、ＰＣ関係の在宅勤務をしている。

幽霊神輿

同じく、私の許《もと》へ相談に来られる人の中には、特異な体験をされた方もまた多い。

それは、いわゆる「幽霊を目撃した」「金縛りに遭った」などの典型事案に留《とど》まらず、時として私の想像をはるかに絶する、奇矯な体験談を聞かされる場合も少なくない。


宮城の片田舎に住む会社員の南条《なんじょう》さんが、こんな体験をしている。

年が明けてまだまもない、一月初めのことだったという。

昼過ぎ、南条さんがひとりで茶の間のこたつに入って、うたた寝をしている時だった。

突如、隣の仏間の襖《ふすま》がばーん！　と蹴《け》り倒《たお》されたかと思うと、白装束姿に三角頭巾《ずきん》を頭に巻いた男女が十数人、茶の間へどっとなだれこんできた。

突然の出来事に何が起きたのか分からず、南条さんがあたふたしていると、白装束の集団は暴れる南条さんを神輿よろしく、無理やり担ぎあげた。そのまま彼らは玄関口を飛びだすと、南条さんを凍《い》てつく寒空の下へと連れだしていった。

南条さんが憶《おぼ》えているのは、そこまでだという。

再び気がつくと、南条さんは鬱蒼《うっそう》とした山の中に大の字になって寝そべっていた。

立ちあがろうとすると、足腰がふらふらしてまともに歩くことができない。

衣服を確かめてみると、トレーナーもスラックスも靴下もぼろぼろに擦り切れており、泥水が滲《にじ》んで雑巾《ぞうきん》のようになっていた。

頬を掻《か》いてみると、もさもさと生え伸びた髭《ひげ》の感触があった。

え？　と思って、頭を触れば、髪の毛が鳥の巣のようにわさわさと伸び膨らんでいる。

両手を見てみると妙に生白く、指が細く痩《や》せて骨張っていた。

嫌な予感を覚え、トレーナーをはだけて中を見てみると、南条さんの身体は真っ白く、がりがりに痩《や》せ衰えてあばらが浮いて見えていた。

その後、猛烈な不安と恐怖に襲われ、半ば気が狂いそうになりながらも、南条さんはふらつく足どりで山中を徘徊《はいかい》し、どうにか日が暮れる前に一軒《のき》の民家へたどり着いた。

玄関口に出た民家の住人は、南条さんの異様な姿に驚き、仰け反りながら目を瞠った。だが、尋常ではない空気も同時に察し、すぐさま警察と救急車を呼んでくれた。

ほどなくして警察と救急車が、民家に到着する。

救急隊員の処置を受けながら南条さんが自分の身元を明かすと、事情聴取をしていた警官が、突然「えぇっ？」と素《す》っ頓狂《とんきょう》な声をあげた。

「どうかしたんですか？」と南条さんが訊《き》き返すと、今度は警官から返って来た答えに南条さんのほうが「えぇっ？」と叫ぶことになった。

警官が「ここは千葉県です」と答えたからである。

続けて警官が「今は四月ですよ」と答えたのを受けて、南条さんはそのまま卒倒した。

結局、その日のうちに警察が宮城県内の失踪《しっそう》者を照会し、知らせを受けた南条さんの両親と奥さんが、南条さんの入院する千葉県の病院まで飛んできた。

大泣きする家族に動揺しつつ事情を尋ねてみたが、南条さんの頭はさらに混乱する。

家族の話によれば一月のあの日、南条さんは昼過ぎに自宅から突然姿を消してしまい、そのまま失踪してしまったことになっていたのだという。

以後、数日経っても帰ってこない南条さんを心配した家族は、警察に捜索願いを提出。今日に至るまで血眼になって南条さんを捜していたが、この四ヶ月間、有力な足どりも手がかりも一切つかめず、半ば途方に暮れかけていたところだったという。


南条さんを連れ去った白装束の集団が何者だったのかは、今もって謎のままである。

霊感少女

こうした話を聞かされて、自分自身にも何か特別な能力が芽生えたり、特異な体験ができないものか。そのように考える奇特な人は、おそらく少ないことと思う。

だが、それはあくまでも〝世間一般の人の中では〟という意味である。

私の許へ訪れる相談客の中には、こうした能力の発露に憧《あこが》れる人が驚くほどに多い。


佳代子《かよこ》さんという、介護関係の仕事をしている女性から聞いた話である。

彼女が高校生の頃、同じクラスに「自分には霊感がある」と公言する少女がいた。名を雅美《まさみ》さんという。

彼女は物心ついた頃から他人の目には決して視えない、霊の姿が視えるのだという。いわゆる浮遊霊や地縛霊と呼ばれるもの。それから守護霊や背後霊と呼ばれるもの。彼女の目が見る世界には、それらが日常茶飯事のように映しだされていたそうである。

佳代子さんが雅美さんと知り合った高校時代には、彼女はすでに視えるばかりでなく、ちょっとしたお祓《はら》いや占いまでできるようになっていた。

クラスには彼女の特質を訝《いぶか》しむ者もいたが、大半は彼女に対して好意的だったという。

昼休みや放課後になると、雅美さんに霊障相談や恋占いを求めて集まる子が大勢いた。雅美さんは人気者だった。色白のすらっとした体型で、顔だちも美しかった雅美さんは、当時の佳代子さんにとって、ある種の憧れの存在でもあった。

雅美さんのようにかわいくなくても、自分も雅美さんみたいな能力があったらな。憧れはいつしか、雅美さんのような霊能力が欲しいという渇望に変わっていった。

それから佳代子さんは、雅美さんと頻繁に行動を共にするようになった。霊能関係の相談が多い身とはいえ、雅美さんの周囲に特定の友人がいないのが幸いした。雅美さんに接近するのは簡単だったという。

まもなく距離の狭まったふたりは、幽霊が出ると噂される地元の廃屋や廃病院などにしばしば足を踏み入れるようになった。

雅美さん曰《いわ》く、霊能力の開眼と実力向上のためには、霊気の強い場所へ率先して赴き、現地に住まう霊の声や気配を実地で体感するのがいちばんなのだという。

霊能力を欲しがる佳代子さんに断る道理はなかった。放課後の夕暮れや週末の夜など、雅美さんに誘われるまま、彼女とふたりで地元の心霊スポットを次々と巡って歩いた。

現場での雅美さんは毎回饒舌《じょうぜつ》だった。その場に住まう霊たちの存在を次々と探り当て、暗闇を指差したりしながら「あれは何々の霊ね」などと、事細かに解説する。

一方、佳代子さんのほうはといえば、からっきしだった。廃屋の暗がりを歩く時など、わずかに背筋がぞくりとなることはあったが、霊の姿はおろか声すらも聞こえない。

やっぱり自分には才能がないのかな……。

そんなことを考え始めると、しだいに気持ちも虚《むな》しくなっていったという。

暗澹《あんたん》たる気持ちで、その後も心霊スポット巡りを続けていたある日のことだった。

夕闇迫る放課後、今やすっかり通い慣れた地元の廃屋内を探索していたさなかである。

ふいに雅美さんが、廃屋の廊下にうずくまって泣きだした。

佳代子さんが驚いて「どうしたの？」と駆け寄ると、雅美さんは両手で頭を抱えこみ、

「ごめんなさい……ごめんなさい……」と震え声で繰り返している。

直後、廃屋の二階でずんっ！　と何かが轟《とどろ》く音がした。

びくりとなって佳代子さんが身構えていると、音はまもなく「ずんっ、ずんっ！」と立て続けに聞こえ始め、やがて階下へ続く階段のほうまで近づいてきた。

足音だったという。それも凄《すさ》まじく大きな足音だった。

音が近づいてくるにつれ、雅美さんの震える身体がぎゅうっと小さく縮こまっていく。

「ねえ、あれ何？　霊なの？　だったらなんとかしてよ……」

ただならぬ状況に動揺を感じ始めた佳代子さんが、雅美さんに身を寄せ懇願する。

「……なの……とは……なのよ……」

涙と恐怖で取り乱した雅美さんの声は、音がくぐもってよく聞き取れなかった。

そうこうしているうちに、足音はとうとう階段の踏み板にまで達する。

ずんっ！　ずんっ！　というけたたましい足音にびくりとなって階段を見あげた瞬間、ふたりは悲鳴をあげながら廃屋を飛びだした。

見あげた先には、佳代子さんの倍ほども背丈のある、黒い喪服姿の女がいた。女は階段上で前かがみになりながら、こちらへ向かっておりてくるところだった。


その後、ふたりでめちゃくちゃに走り回り、気づけば行きつけのファミレスにいた。

「ねえ、あれって本当の幽霊？　わたしもはっきり視えちゃったよ……」

とうとう自分も幽霊を視た！　という興奮は、一片たりとも湧きたたなかったという。

代わりに佳代子さんの胸中に渦巻いていたのは、強い恐怖と後悔だけだった。

「わたし、すごく怖かった……。だって雅美ちゃん、あんなに震えて泣いてるんだもん。雅美ちゃんにも対抗できないくらい、あれは強い霊だったの？」

思いつくまま感想を述べる佳代子さんに対し、テーブルの向かい側に座る雅美さんは、まるで気が抜けたようにだらりと首をかしげ、暗い顔をしたまま押し黙っている。

「あ、ごめん。ヘンな意味じゃないんだよ？　ただ、わたしも混乱してるから……」

別に雅美さんを非難する意図はなかった。あわてて佳代子さんが謝罪する。

「……できるわけないよ……。だって、全部……んなだもん……」

頰筋に再び涙を伝わせて、雅美さんが小さな声で囁《ささや》くように言った。

「……え、ごめん。よく聞こえないよ。なんて言ったの？」

そこで突然、雅美さんがぱっと顔をあげた。

「わたしに何もできるわけないじゃない！　だって全部、嘘なんだもん！　霊感なんか本当はないし、霊だって視えないの！　わたしに何かできるわけないじゃん！」

ぼろぼろと大粒の涙をこぼしながら金切り声を張りあげると、雅美さんはテーブルに突っ伏して「わっ！」と泣きだしてしまった。

翌日から雅美さんは学校に来なくなってしまったという。

自宅も訪ねてみたが、母親から「誰にも会いたくないと言っているから」と聞かされ、門前払いされてしまった。

結局、それから数ヶ月間の不登校を続けたのち、雅美さんは高校を退学した。

佳代子さんのほうは廃屋での一件以来、浮かれていた霊感熱もすっかり醒《さ》めてしまい、その後はむしろ、こうした方面との関わりを意図して避けるようにまでなった。

ただ、今度は〝向こう〟が彼女を、放っておいてくれなかったのだという。

廃屋の一件以来、佳代子さんはしばしば、人の目に視えざる存在を視るようになった。

視界を横切る白い影。闇夜に浮かぶ人の首。足元にすがりつく半透明の赤ん坊。

どれだけ視まい視まいと努めても、気づけば周囲に人ならざる者を視てしまう。

どうすることもできず、彼女は今でも時折、私に切迫した近況を吐露しに訪れる。

体験願望

渋谷《しぶや》さんという若い男性も、小さい頃から一度でいいからこの目で幽霊を目撃したり、不思議な体験をしたいと切望していた人物だった。

ところが自身の願いとは裏腹に、そのような事態に遭遇する機会は、一向に訪れない。心霊スポットや殺人事件の現場などにもさんざん足を運んでみたが、無駄だったという。霊の姿や声はおろか、不穏な空気や気配さえも少しも感じることがない。

こっくりさんなどの交霊術もためしてみたが、これも駄目。何度やってもまったくの無反応だった。

痺《しび》れを切らした渋谷さんはある日、とんでもない行動に出る。

自宅の近所にある小さな神社から、賽銭《さいせん》を盗んだのである。

現場に行っても駄目なら、いっそ祟《たた》られてみたらどうか？

そんな愚かな発想から生じた、短絡的な愚行だった。

賽銭箱に入っていたのはわずかな小銭ばかりだったが、根こそぎ盗んで持ち帰った。

これでも駄目なら、次はもっと派手な不敬をやらかしてみようと考えながら。

その晩、口中に漂う金気臭さと息苦しさに目を覚ますなり、渋谷さんは慄然《りつぜん》となる。

なんと、渋谷さんの口中いっぱいに、十円玉がぱんぱんになって押しこまれていた。

難渋しながら吐きだすと、今度は激しい腹の痛みに気がつく。

嫌な予感を覚えつつ病院へ転がりこむと、胃の中にも大量の十円玉がじゃらじゃらと大量に詰めこまれていたという。

以来、渋谷さんはこうした方面とは一切、かかわらないようにしている。

同じものを見ている

私が二十歳を迎えた年の夏だった。

ある晩、ふとしたはずみから、久々に家族全員で怪談話をする流れになった。

参加したのは私を含め、両親と弟、妹の五人。祖母はこの頃、軽い認知症を患い始め、夜は早めに床に入っていた。同じく、こうした話題が大嫌いな曾祖母《そうそぼ》も不在だった。

話はあっというまに盛りあがり、家族の口から怖くて奇妙な話が次々と紡ぎだされた。

私は自分が時折目にする幻覚は大嫌いだったが、この頃もまだ、怪談自体は好きだった。時が過ぎるのさえ忘れ、夢中になって家族の話に聞き入った。

そんななさなか、私は小学四年生の頃、朝方の玄関口で見たあの白い着物の女について話してみたいという欲求に、ふと駆られる。

あの当時は小学生だった私も、今はもう成人した身である。少なくとも、昔のように無下にあしらわれることはないだろうと判じた。

意を決した私は、当時の体験談を家族一同にとうとうと語って聞かせた。

果たして結果は良好。私の話を聞いた家族たちは、否定するでも笑い飛ばすでもなく、それなりの共感を示してくれたように感じられた。

当時、私の話を否定した母は、自分が否定したという事実すら忘れていたようだった。私に改めてこの話を聞かされるまで、完全に忘却していたのだという。

それを聞いて私はなんだか少し、肩の荷が下りたような心持ちになる。

だがそんな中、私の話を黙って聞いていた父がふいに口を開いて、こうつぶやいた。

「その女は、俺も見たことがある」

父の放った思いがけないひと言に驚き、私を含む家族全員が一斉に父の顔を注視した。

父が語るところによると、やはり父自身も小学四年生の頃だったという。

ある晩、父は尿意を催し、目を覚ました。初めは件《くだん》の暗い廊下の曲がり角を曲がってトイレに行こうと考えたが、時刻は深夜。恐ろしかったのだという。

無作法なのを百も承知で玄関の引き戸を開けると、そのまま外へと飛びだし、自宅の庭先で父は用を足し始めた。夜中なので当然、外も真っ暗なのだが、家の廊下の異様な暗さと怖さに比べれば、なんということもなかったという。

その時だった。

庭先で気持ちよく用を足すさなか、父はふと、視界の端に不審な人影を認める。

顔を向けると、玄関から離れた母家の端に、白い着物を着た少女が立っていた。

少女の背恰好《せかっこう》は当時の父よりはるかに大きく、年の頃はおそらく十代の半ばほど。

母家の端の暗がりで、少女はちょうど、父と横並びになる位置に立っていた。

距離にしておよそ五メートル。夜だというにもかかわらず、くっきりとした像を結び、その姿は闇夜のさなかに煌々《こうこう》と浮かびあがっていたという。

父もまた、私と同様、少女に対して怖いという感覚は不思議と微塵《みじん》も感じなかった。ただ〝不思議なものを見ている〟という感覚だけが、心に強く湧いたのだという。

それから父は、少女の仔細《しさい》を物珍しげに眺め続けた。

少女は母家の端から数歩、歩み出てきたような形で、その場にぴたりと固まっていた。視線は父のほうへと向けられていたが、その目には一抹の感慨も浮かんでいない。

一見すると人形にも思えるほど、少女は微動だにしなかったが、その柔らかな肌質と面差しの生々しさを一目すれば、到底人形とは思えない趣きがあった。

だがその一方で、少女が生身の人間であるともまた、思えなかったという。

原因は少女の目である。その目はひたすら空虚で、喜怒哀楽の一切がうかがい知れず、まるで生気の感じられない代物だった。

ただ、前述したとおり、父には少女に対する恐怖心はなかった。幼い頃の私と同じく、父もその後、数分間にわたって少女の観察を続けたのだという。

結末もまた、同じである。

まったく動く気配のない少女に飽きた父は、眠気がぶり返したのを契機に踵《きびす》を返すと、そのまま寝床へ戻ったのだという。

私が見た女とは年頃、状況が微妙に違うものの、大筋ではほぼ同じ体験である。

父と私が無言で顔を見合わせ、何やらうそ寒いものを感じているさなか、今度は母が、私より九つ年下の妹に何やら耳打ちをし始めた。

それを受けた妹も「うん……そういえば」とうなずく。

「その話を聞いて思いだしたんだけど、実はこんなこともあったのよ」

思い詰めたような表情で、今度は母と妹が口を開いた。


妹が小学三年生の頃だったという。

私の自宅の道路の向かいには、運送関係の自営業を営む父の事務所がある。

ある日の夕方、母が事務所で仕事をしていると、妹が大泣きしながら飛びこんできた。

普段はおっとりとした性分の妹がこれほど大泣きするのは極めて珍しいことだった。

半狂乱になって泣きじゃくる妹を必死でなだめながら、何があったのかと問いただす。

ところが涙声で説明を始めた妹の話を聞くうち、母はみるみる顔色を失っていった。

つい先ほどのことである。妹が茶の間でひとり、人形遊びをしているさなかだった。

突然目の前に、白い着物姿に長い黒髪を振り乱した女が現れたのだという。

それも、女が現れたのはテレビの裏側からだった。

茶の間のテレビは部屋の角に対して斜めになるよう、壁際にぴたりと配置されている。

その両脇には猫が通れるほどの隙間もない。

そんな場所から女が滑るような動きでぬっと現れ、妹の眼前に迫ってきたのだった。女の見た目は三十代の初めから半ばほど。口元には寒気のするような薄笑いを浮かべ、目は射貫《いぬ》くかのように鋭く、妹の顔をまっすぐ睨《にら》み据えていた。

あとは推して知るべし。女の出現に我を失った妹は、とっさの判断で玄関を飛びだし、母がいる事務所へと泣きながら駆けこんできたのだった。

その後、母は慄然としながらも家へと向かい、恐る恐る茶の間の中を覗《のぞ》き見た。

しかし女の姿はもうすでに、どこにも見当たらなかったという。

父の目撃談と同じく、女の年齢や状況は微妙に異なる。だが、それでも私たち親子は二代にわたって同じようなものを、この家の内外で見てきたということになる。

と、ここまで話が出揃ってすぐ、女に関するもうひとつの目撃談を私は思いだす。

私が幼い頃に祖父から聞かされた話である。

確か祖父も幼少のみぎり、自宅向かいの畑の中で白い着物姿の女の子を目撃している。

その状況も細部は異なれど、私と父の体験によく似たものだった。

そうなると私たち一家は親子三代にわたって、同じようなものを見ていることになる。

この奇妙な符合は、果たして何を意味するものなのか。

なんとも薄気味の悪い事実に家族一同、肌身に寒気を感じ始めていた矢先だった。

私の頭中にふと、とてつもなく厭《いや》な推察が実を結び、たちまち身体が凍りつく。

祖父が見たのは四、五歳ぐらいの小さな女の子。

父が見たのは十代半ばくらいの少女。

私が見たのは十代後半から二十代前半ぐらいの若い女。

そして妹が見たのは、三十代の初めから半ばくらいの女。

年を重ね、世代が変わり、向き合う相手が変わるたび、女は少しずつ成長していた。

それからもうひとつ。

祖父がそれを見たのは、自宅の道路の向かいに広がる畑。

父がそれを見たのは、自宅の端の暗がりの中。

私がそれを見たのは、自宅の玄関先。

妹がそれを見たのは、自宅の茶の間。

女は少しずつ家へと近づき、最後にはとうとう家の中にまで入ってきている。


一連の経過を時系列順に並べていくと、実に不穏な構図が私の頭の中に完成した。

私が唯一〝幽霊〟だと認識していた女にかかわる問題であるということも、厭だった。

あれが本物の幽霊なのだとしたら、何かとんでもないことが我が家で起きているような、そんな予感すらもうっすらと覚えた。

こんな話を持ちだすのではなかったと後悔した私は、あわてて話題を切り替えた。

初めての死

その後、まもなくのこと。八月のお盆に私は自宅で突然倒れ、病院へ担ぎこまれた。

私が倒れるまでの経緯は、こうである。

当日の昼過ぎ、私は激しい頭痛で目が覚めた。

昨晩、寝るまではなんともなかったはずなのに、起きると頭が割れんばかりに痛い。

この日、我が家には母の妹夫婦が来訪していた。痛む頭をさすりながら自室を出ると、茶の間のほうから家族と叔母《おば》夫婦が語らう声が、賑々《にぎにぎ》しく聞こえてくる。

叔母夫婦は幼い頃から大好きな親類だったので、私も話の輪の中に混ざりたかった。

だがその一方、頭の痛みは生半可なものではなく、満足に歩くことすらままならない。

我が家でいちばん薄暗いL字廊下の曲がり角に私はへたりこみ、打ちあげ花火のように押し寄せる頭痛にしばらく顔を歪《ゆが》めていた。

そこへたまさか曾祖母《そうそぼ》が、台所のほうから廊下を渡ってやってきた。

悶《もだ》え苦しむ私の姿を見るなり、曾祖母は懐から円盤型の白い錠剤を何粒か抜きだすと、激しい頭痛に喘《あえ》ぐ私の手の中にそれらをそっと握らせた。

一刻も早く痛みを消し去りたかった私は、水もないまま一気に錠剤を呑《の》みくだす。

とたんに今まで爆発しそうなくらい脈動していた頭から、すっと痛みが消え失《う》せた。なんの薬なのかは分からなかったが、凄《すさ》まじい効き目に私は驚嘆する。

曾祖母に礼を述べながら廊下を進み、そのまま茶の間へと向かった。茶の間へ続くガラス戸を開け、叔母夫婦と挨拶《あいさつ》を交わす。

そこで私の記憶は、ぷつりと途切れている。


続く記憶はその二日後。深夜の病院のベッドの上から再開された。

長い記憶の空白から抜けだし、意識を取り戻すと、再びあの激しい頭痛が私を襲った。針で脳を突き刺すような鋭い痛み。あるいはかき氷などの氷菓子を食べたあとに感じる、あのじんとくるような耐えがたい痛み。

それらによく似た激痛が片時も休むことなく、ひっきりなしに私の頭を襲った。

ベッド脇の丸椅子には母が腰かけ、ひどく病み疲れた様子で私の顔を覗きこんでいた。私が声をかけると母は深々とため息をつき、ぎゅっと私の手を握った。

髄膜炎《ずいまくえん》だったという。

平たく説明すると、脳を覆う保護膜にウィルスや細菌が入りこみ、炎症を引き起こす病気である。症状は重度の頭痛に始まり、その後は意識混濁、記憶障害、変性意識状態、場合によっては発熱、嘔吐《おうと》なども引き起こす。

然様《さよう》な病気であるため、その後の入院中は様々な障害に悩まされることになった。

頭痛は再び目覚めてから一週間ほど、絶え間なく続いた。鎮痛剤は一日に使用できる量が限られていたため、規定量を使うと、あとはひたすら痛みに耐えるしかなかった。

頭痛の他には、質《たち》の悪い記憶障害も発生した。

見舞いに訪れた家族や身内の名前、素性などは大体理解できるのだが、自宅の住所を思いだせなくなり、自分自身の年齢も分からなくなっていた。

年齢に関する問題と並行して、そもそも数字という概念自体が分からなくなっていた。数字を見れば一から十まで音読することはできるのだが、それらの数字の有する意味がまったく理解できず、自販機で飲み物を買うことすら、当時の私にはできなかった。

医師の説明によれば、病状の回復につれ、それらの症状は全て治まるとのことだった。だがそんなことを言われても、私には到底信じることなどできなかった。

私の頭の一部は死んだ。私はこれから、半死人のような状態で虚《むな》しく生きていくのだ。

知識や記憶の断片を喪失し、頭脳が虫食いのようになっていてさえも、皮肉なことにこうした切実な感慨だけは、なぜかまざまざと脳裏に湧き続けた。

それがとても残酷に思えて仕方なく、私は毎日、精根尽き果てるまで懊悩《おうのう》し続けた。

こうした異様な状態と絶望感に責め苛《さいな》まれる中、私は病室の中で様々なものを視た。

たとえば深夜。ベッドをさえぎるカーテンレールの上から、着物姿の子供や女たちが私の顔をじっと覗きこんでいる。布団の上にしわだらけの老婆の顔をした黒猫が乗って、私に笑いかけたりもした。

また、ある時は悪夢と頭痛にうなされ、傍らにいた母の手を握りながら目を覚ますと、私の手を握っていたのは見知らぬスーツ姿の女だったりしたこともある。

極限状態で発露される幻覚と言われればそれまでの話だが、弱りきった心と身体には大層応《こた》える体験が、ほぼ連日のごとく繰り返された。

また同じ時期、家族の口から聞かされた、私が髄膜炎で倒れた時の状況も弱った心にさらなる追い討ちをかけることになった。

あのお盆の蒸し暑い昼下がり。昏倒《こんとう》する直前、私は白目を剝《む》いて錯乱したように暴れ、意味の分からない言葉を大声でしきりにわめき散らしたのだという。

まるで憑《つ》き物が身体に入ったかのようだった。私の顔が、完全に別人のものに見えた。必死で取り押さえた家族たちは、口を揃えてこう語った。

憑き物といえば、倒れる少し前に家族で催した怪談会を思いだす。

我が家の内外に現れる白い着物姿の女を、私たち家族は祖父の頃から三代にわたって目撃していたらしい。そんな話が飛びだし、怖気《おぞけ》を震った記憶がある。

家族が憑き物と感じたのなら、私はそいつにとり憑かれでもしたのではないか？

何か都合の悪い事実が明るみに出そうになったから、私はそいつに頭を潰《つぶ》されたのだ。

弱り果てた私の心は、そんな結論を投げやりに思い描いたりもした。

一方その頃

私が髄膜炎で入院していた、ちょうどその頃。

当時、アパート住まいをしていた私の弟が実家を訪ねた晩に、こんなことがあった。

夜遅く、実家から帰宅する際、忘れ物を届けようと車に駆け寄って来た母の姿を見て、弟は狂ったような叫び声をあげた。

声を聞きつけた父が、すかさず戸外へ飛びだす。その声のただならぬ気配から察して、弟が運転を誤って母を轢《ひ》いてしまったと思ったのだという。

外へ出ると、幸いにも母も弟も無事だった。しかし弟は、運転席で身を縮こまらせてぶるぶると震えている。事情を聞いたとたん、父は再び蒼然《そうぜん》となった。

弟曰《いわ》く、車にエンジンをかけた直後、目の前の暗闇から何かがさっと飛びだしてきた。状況を鑑《かんが》みれば、これは先述したとおり、弟に忘れ物を届けにきた母である。

ところが弟の目に映ったそれは、母ではなかった。

白い着物姿の中年女だったという。

両の肩口から振り乱した長い黒髪に、首元に覗《のぞ》く白い半衿《はんえり》まではっきり見えたらしい。顔も母ではなく、まったくの別人だった。

これが弟の見間違いでなければ、先だった祖父を含め、我が家で実に五人もの人間が白い着物姿の女を目撃したことになる。


その後、弟はたびたび金縛りに遭うようになった。

金縛りと言っても、身体が動かないのではない。

厳密には、動かせないのだという。

深夜、アパートの一室で寝入っていると、部屋の中に不穏な気配を感じて目を覚ます。

気配はとても濃密で、耳をそばだてれば、相手の息遣いまで聞こえそうなほどだという。

今この瞬間、部屋の中には確実に、自分以外の何者かがいる。

それほどまでに気配は濃密で、時には殺気のようなものまでありありと感じられた。

だから身体が動かないのではなく、実際には怖くて身体が動かせないのだという。

下手に動いたりしたら、何をされるのか。自分の身に一体何が起きてしまうのか。

そんなことを考えると、目を開けることさえもままならなかった。

あくまでも寝ているふりを頑《かたく》なに装い、額に脂汗を浮かべながら布団の中で硬直する。

そんな日々が弟の身に、しばらくの間続いたという。

スイッチ

およそ一ヶ月間の入院期間を経たのち、私はようやく退院することができた。

入院中に医師から説明を受けたとおり、虫食いのように消え抜けていた数字の概念や記憶障害は、退院する頃には嘘のように回復していた。後遺症も見られないとのことで、快癒のお墨つきをもらったうえでの退院となった。

ところが、実際はそうではなかった。

家へ戻れば家内の空気が異様に重苦しく、病院にいる時と同じようなものを目撃した。

退院初日。

風呂《ふろ》に入っていると、湯船に浸《つ》かった自分の腕が一本多いことに気がつく。

よく見ると私のではない真っ白い腕が、湯船の中をゆらゆらと泳ぎ回っていた。

帰宅して早々にこんな感じだったので、私は自分の脳の状態に強い疑念を抱き始める。

その後、どうしても気になり、病院で再び検査を受けた。

結果はどこにも異常なし。主治医に幻覚などの後遺症について質問をぶつけてみたが、その可能性は極めて低いこと、仮にそのような症状があったとしても、一過性のものに過ぎないから、何も心配することはないと返された。

果たしてそうかと、私は思う。

主治医の回答と反比例するような形で、私の身辺では視えるもの聞こえるものの数が、日に日に増加の一途をたどっていった。おのずから気持ちも暗く滅入《めい》っていく。

加えて退院後、まもなく勤め始めた仕事も悪かった。

業種はあえて伏せるが、今で言うブラック企業然とした、それはひどい職場だった。

理不尽な上司に日ごとなじられ、罵倒《ばとう》され、昼も夜もなく劣悪な環境で働かされた。

疲れ果ててようやく家へと帰り着けば、不穏な幻覚が像を結んで目の前に顕現する。

しだいに私は自暴自棄のようになって、ふさぎこむ日が多くなっていった。


こんな荒《すさ》んだ毎日を送る中。

それでも私は、自身の目に視えるものをいわゆる〝幽霊〟と解釈することはなかった。

髄膜炎を患ったという事実も、そこへさらなる拍車をかけていた。

幻覚なのである。幼い頃から有していた脳か視覚の障害が、髄膜炎をスイッチにしてさらにひどくなってしまったのである。他に現実的な説明など、一切しようがない。

そのように私は考え、非科学的な解釈を意固地なまでに否定し続けた。

ただ、それで気持ちが楽になるということは、ただの一度もなかった。

その後も私の目に視えるものは増え続け、私の心をひたすら苦しめ続けたからである。

百　景

それからさらに月日が経ち、私の退院から二年近くが過ぎた頃。

当時中学生だった妹が体調を崩し、休学状態となった。

病院へ行っても原因が分からず、体調は一向に回復する気配がない。妹の身を案じた両親は、知人から評判を聞いたある霊能者の許《もと》へ足繁く通うようになっていた。

だが、それでも妹の容態がよくなることは微塵《みじん》もなかった。先行きの見えない毎日に、私の両親も肩を落とす日々が続いていた。


一方、理不尽な職場に勤めていた私もすこぶる体調が悪く、不調な毎日を送っていた。気力もさらに衰え、家族と顔を合わせることさえ、時に疎ましく感じられるほどだった。

不調の原因は、仕事以外にもうひとつあった。

深夜、仕事を終えて帰宅すると、自室のベッドの上に着物姿の女が座っている。

夜、寝苦しくて目を覚ますと、天井の片隅にオレンジ色に光る女の顔が浮いている。

白昼、家中を震わすような男たちの笑い声が絶え間なく聞こえてくる。

夜、自室で寝入っていると、見知らぬ女に泣きながら頬を張られて起こされる。

夕暮れ時、家の門口の庭石に着物姿の女たちが腰かけ、こちらをじっと見つめている。

昼間、自室で本を読んでいると、視界の片隅を何かが盛んに横ぎっていくのが見える。

顔をあげて見てみれば、髷《まげ》を結った男の生首が床の上をごろごろと転がっている。

明け方近く、薄暗い廊下を曲がってトイレへ行くと、床板の上に三歳児ほどの背丈の小さな女が立って三味線を弾いている。

深夜、台所へ行くと、割烹《かっぽう》着姿の中年女ふたりが、まな板の上でびくびくとのたうつ何か動物のようなものを捌《さば》きながら、けらけらと甲高い声で笑い合っている――。

二年前の退院以来、こんなことが不定期に続いていたため、私の神経はほとほと疲れ、限界に近づいていたのだ。

不思議とこうしたものを目にするのは、自宅にいる時がほぼ大半だった。職場を始め、出先で視えることはほとんどない。

場所が限定されていることはある意味、不幸中の幸いであると言えなくもなかったが、それがよりにもよって我が家である。本来ならば、どこよりも心休まる場所であるべき我が家で、こんなものをひっきりなしに見せられるのは大層つらいものがあった。

私の問題と並行して、定期的に霊能者の許へ通っていた両親のほうは、相談のたびに「先祖の因縁だ」「生霊だ」「自縛霊だ」「水子の霊だ」などと、ころころ見立ての変わる先方の指示を仰ぎ、供養とお祓《はら》いを懸命に繰り返していた。

私自身は、この霊能者の許へ足を運んだためしは一度もない。霊能者とのやりとりを両親から聞かされるたび、常々胡散臭《うさんくさ》い人物だと感じていたからである。

そんなところへ通っても、妹はきっと治らない。

ぼやけた頭で、母にそう言い放ったこともあったと思う。

案の定、その後も妹の容態はなんの進展もないまま、月日だけが無情に過ぎていった。


そんなある晩、私は夢を見た。

夢の中で私は片手に行灯《あんどん》を持ち、どこかの屋敷の廊下を独りで歩いている。

廊下は暗く、行灯の明かりがないと一寸先も見えないような濃い闇だった。

廊下の両脇には等間隔にいくつも部屋が並んでいたが、障子ではなく、分厚い板戸で仕切られている。だから中の様子を見ることも、中から明かりが漏れてくることもない。

ただ音だけは例外で、どの部屋からも耳をつんざくほどにやかましく聞こえてきた。

かまびすしく轟《とどろ》く女の悲鳴や大絶叫に混じって、何かを叩《たた》きつけたり、引きずったり、刻んだりするような不快な音。

何かが潰《つぶ》れ、折れたりするような音と重なり、まるで奈落《ならく》の底へ落下していくような、女のか細く、長々とした悲鳴が聞こえてくることもあった。

その合間に男の罵声《ばせい》や下卑《げび》た笑い声がかぶさる。板戸に隔てられた廊下の両側からは、さながら悪魔が狂った宴《うたげ》を開いているかのような、不穏な気配が漂っていた。

身の縮まるような思いをしながら、私は行灯の明かりだけを頼りに暗くて長い廊下を急ぎ足でひた進む。

しばらくすると廊下の先に曲がり角が見えてきて、私はほっとため息を漏らす。

だがよくよく見てみれば、そこは私の家のあの、長い廊下の曲がり角であった。

とたんに私は恐怖に怯《おび》え、廊下の角を曲がることを激しく躊躇《ちゅうちょ》する。

そこへ私の横手にあった部屋の板戸が突然勢いよく開き、中の様子が露《あらわ》になった。


板敷きになった部屋の中で裸に剝《む》かれた若い女たちが、男に刃物で切り刻まれていた。


女たちは皆、天井から荒縄で吊《つ》るされ、生白い身体を真っ赤に染めて悶絶《もんぜつ》している。

ある者は全身をなます斬りにされ、身体中に真っ赤な口が開いていた。

ある者は腕や足に太い釘《くぎ》を何本も打ちこまれ、ハリセンボンのようになっていた。

何かで両足の骨を打ち砕かれ、風船のようになった足をぶらつかせている女もいた。

息絶えた女は荒縄をほどかれて打ち捨てられ、血の池のようになった床の上で両目をかっと見開いたまま、軟体動物のようにぐにゃりと手足を投げだし、転がっている。

男は裸にふんどし一枚といういでたちで、片手に匕首《あいくち》のような得物を持ち、荒い息をはずませながら、なおも一心不乱に女の身体を切り刻んでいる。

私は悲鳴をあげて踵《きびす》を返すと、廊下の角を曲がって走りだした。

曲がり角が怖いなど、もはや問題ではなかった。
ここを曲がって走れば、自宅のトイレへたどり着く。家へと帰ることができる。
一刻も早く帰りたい。もう厭《いや》だ。こんなところにいるのはもう厭だ。
脇目も振らず走っていると、やがて目の前に自宅のトイレの見慣れた戸が見えた。
飛びつくように取っ手に手をかけ、トイレの戸を開く。
とたんにトイレの中から白い着物姿の女がわっと飛びだし、私の身体に抱きついた。

そこで目が覚め、私は布団の中で盛大な悲鳴を張りあげた。
とても夢だと思えるような生易しい代物ではなかった。
恐怖と動揺はいつまでも持続し、再び眠ることさえできず、結局朝まで起きていた。
布団の中でがたがたと震えるさなか、永らく忘れていたことも思いだしてしまった。
昔もこんな夢を見たことがある。
高校時代、自室で弟が誰かに名前を呼ばれ、部屋中が異様な冷気に包まれた晩である。
あの夜も私は、こんな夢を見ている。あの夢の中の屋敷と、多分同じ屋敷だ。
日ごと、自分が目撃する怪異を神経のせいだと頑《かたく》なに押しとおしていた私の意思が、
この時ばかりは脆《もろ》くも崩れた。
なんの根拠もないにもかかわらず、はっきり確信をもって、私はそう判じた。

おばけなんてないさ

平成十三年の暮れ。私は二年ほど勤めた、件《くだん》のブラック企業を辞めた。

連日のように浴びせられる上司からの恫喝《どうかつ》じみた罵声や、常態化されたサービス残業、挙げ句は休日さえも与えられず、心身ともに、とうとう限界を迎えたのである。

結果として自殺まで考えるようになったところで、もういい加減たくさんだと思った。年の瀬の押し迫る白昼、「今日限りで辞めさせてもらう」と上司に電話で告げたきり、私は二度と職場に戻ることはなかった。

本音を言えば退職後、しばらく仕事をせずに身体を休めたい気持ちだった。

だが、ここで一度休んでしまったら、二度と世間に復帰できないような予感もあった。同時に一日中、家の中にこもるようになってしまうのも嫌だった。

相変わらず、視え続けていたからである。

それも日を追うごとにますます顕著に、ひっきりなしに。醜悪な拷問屋敷の夢もまた、不定期で見続けていた。寝ても覚めても気の休まる暇など私にはなかった。

家の中でじっとしていたら、いずれ遅かれ早かれ、頭がどうにかなってしまうだろう。そんな危機感を覚え、私は年明けから早々と地元のコンビニに勤め始めることにした。

幸いにも新しい職場は、以前の職場とは別世界のような健全な環境だった。店のオーナー夫妻は従業員に対してとても面倒見のよい人たちだったし、店に勤める従業員も気のいい人たちばかりだった。

私は週五日で、深夜勤務を担当した。シフトに入る相方はその日によって異なったが、そのうち週三回は同じ人物と組んでいた。

当時の私よりひとつ年下で、美雪《みゆき》という名の女の子である。

音楽がとても好きな娘で、店内の有線でお気に入りの曲が流れると、作業をしながら一緒に口ずさむような朗らかな印象の娘だった。

性格も明るく、人当たりもよかったため、勤め始めていくらも経たぬうち、私たちは親しい仲になった。

以前の職場に勤め始めて以来ずっと、他人と親しく関わることがなくなっていた私は、美雪の存在に充足した安心感を抱いた。忙しさに追われ、専門学校時代の友人たちとも音信不通になっていた当時の私にとって、唯一友人らしい友人は美雪だけだった。

田舎のコンビニなので、深夜の来客はひどく少ない。品だしや廃棄の作業を終えると、私たちは事務所にこもって、朝までくだらないおしゃべりに興じ続けた。

自宅に帰ればおかしなものが視えるのは同じだったが、以前よりも気持ちは楽だった。少なくとも店にいる間は、嫌なことを忘れていられる。なるべく家にいたくない私は、シフトの交代なども積極的に引き受け、ほとんど店に入り浸るようになっていった。

そんな生活が数ヶ月ほど続いた、春先のある晩のことである。

深夜三時半過ぎ、業者から配送された雑誌を開封していると、目の前のガラス越しに何か白いものがちらついているのが見えた。

ガラスを隔てた眼前には、暗闇に包まれた店の駐車場があるばかり。来客もないため、車も停まっていない。さりげなく目を凝らしてもみたが、何がいるわけでもなかった。

気を取り直し、マガジンワゴンに手際よく雑誌を陳列していく。

だがそこへ再び、ガラスの向こうで白いものが動くのが、視界の片隅にちらと映った。反射的に顔をあげ、ガラスの向こうに視線を投じる。

真っ暗闇のガラス越しに、頭の禿《は》げた男の生首が舞っていた。

首はガラスの向こうにほとんど貼りつくようにして、地上から二メートルほど離れた中空を、八の字を描くようにくるくると舞っている。顔には薄笑いが浮かんでいた。

――ああ、職場でもこんなものを見せられるのか。

そうでなくとも帰宅すれば、嫌でも何かを見せられるのだ。壊れた自分の頭と神経に心底うんざりしながら、ため息をつこうとしたその時だった。

隣で作業をしていた美雪の口から「きゃっ！」と悲鳴がこぼれ出た。

店外を舞う生首よりもむしろ、彼女の声のほうに私は驚き、美雪の顔を覗き見る。

美雪はガラスの向こうを怯えた様子で見つめながら、片手で口を覆っていた。

「何あれ……」と、美雪が震える指で示す先を見やれば、そこには生首が舞っている。

間違いなく、彼女にも視えている。私の視界にしか存在しない、幻のはずなのに。

とたんに頭が混乱する。

首はその後、店外の中空を数秒舞ったのち、私たちの目の前から忽然《こつぜん》と姿を消した。

「今の見た……？」

小さな唇をふるふるとわななかせ、美雪が私の顔をじっと見る。

「見たけど、イタズラかなんかだよ、きっと」

まるで息を吐くかのごとく私の口から飛び出た返答は、今というこの局面においてはおよそなんの説得力も持たない、あまりにも陳腐な推察だった。

「イタズラなんかじゃないよ。見たでしょう？　首。浮いてたよ？　しかも笑ってたし。イタズラにしたって、あんなのどうやって仕込むって言うの？」

早口で反論をまくしたてる美雪はかなり動揺している様子だったが、それでも彼女の言い分自体は的を射ていた。

仮にあれがイタズラだとして、美雪の言うとおり、どういう仕掛けになっているのか。頭以外の全身を黒い衣装で固め、駐車場のはるか遠くで踊りでもすれば、もしかしたら首だけ宙を舞っているように見えないこともないかもしれない。

けれども先ほどまでの状況においては、この仮説はまったく通用しない。

まずもって私たちとの距離があまりにも近過ぎる。これでは黒い衣装を着ていようが、私たちの目をごまかすことはできない。

さらには地上からの高さという問題である。首は地面から二メートルも離れた中空をすいすいと泳ぐように舞っていた。人間業ではおよそ不可能な芸当なのだ。

加えて首が作り物だという仮説も、首が終始笑い続けていたという事実で一蹴《いっしゅう》される。ほんの数秒間の出来事だったが、首は目元や口元をひっきりなしに動かし、笑っていた。

こうした事実を並べたてると、私の推察など子供の言いわけ程度にしかならなかった。だからむしろこの場合、美雪の主張のほうこそがよほど的を射ているのである。

「どうしよう……。生まれて初めて、お化け見ちゃった……」

美雪の口からこぼれ落ちた〝お化け〟という言葉に、私はなぜか少しほっとした。久しく聞くことのなかった懐かしい言葉。胸躍る言葉。私がいちばん好きだった言葉。

そう。〝お化け〟という解釈で、感想で、本当はいいのではないのか？

あの生首を〝お化け〟と解釈することができれば、私の心も救われるような気がした。幼い頃から目にしてきた異形どもも、今現在、自宅で視える異様なものたちも、光景も。それらを全て〝お化け〟と割りきることができるなら、私は多分、楽になれると思った。

「ああ怖い。まだ震えてる……。おまじないしようっと」

先刻よりもだいぶ落ち着きを取り戻した美雪は、そう言うと唐突に歌を唄《うた》い始めた。

おばけなんて　ないさ
おばけなんて　うそさ
ねぼけたひとが
みまちがえたのさ
だけどちょっと　だけどちょっと
ぼくだって　こわいな

「うん。だんだん怖くなってきた」
唄いながら美雪が言って微笑んだ。その表情にはもう、陰りは微塵《みじん》も見受けられない。
ああ、こんなことでいいんだ——。
美雪の歌声を聴きながら、私は得心したかのような心持ちになる。
お化けを見たら、素直に怖いと思えばいいのだ。
頭がどうだの神経がどうだの、余計なことを考える必要など一切ない。
そんな風に割りきれる美雪の心が、とても健全なものに感じられてうらやましかった。
私もいっそ、そうやって割りきってみようかな。
そんなことを私は小さく、心に思った。

暗闇の宴

その一方で妹の容態には相変わらず、なんの進展も見られなかった。

気づけばもうすでに、妹は半年近くも学校を休む日々が続いていた。

妹の状態というのは不可思議で、何もない時は平然としていられるのだが、ふとしたはずみで突然、刃物で切り刻まれるような痛みが全身に走りだす。

他にも身体の至るところに腫《は》れ物ができたり、激しい頭痛に見舞われることもあった。

病院へも通っていたが、この期に及んでも病名がつかないような状態だったのである。

両親の霊能者通いも、やはり変わることなく続いていた。

私の父と母としては、娘の身を思うあまりの、わらにもすがる思いだったのだと思う。

神社を訪ねて神頼みもやった。菩提寺《ぼだいじ》におもむき、先祖への塔婆供養もおこなった。

曾祖母《そうそぼ》に嫌味を言われながらも、自家の仏壇と神棚をこれまで以上によく拝んだ。

親として必死だったのは、痛いほどよく分かる。

妹自身もつらかったろうと思う。

けれども私は、それでも嫌だった。両親と妹がまるで悪い熱に浮かされたかのように、件の霊能者の許《もと》へ通い続ける様子が、私の目には痛々しく映ってたまらなかった。

それからさらにしばらく経った、五月初めのある夜のこと。

夜中、自室で寝入っていると、どこからともなく人の声が聞こえ始め、私は目覚めた。

こんなことはもうすでに、日常茶飯事になっていた。

だから初めは大して気にも留めなかった。けれども声は、いつまでも絶えることなく、しつこく耳に届いてくる。そのうちなんだか無性に気になり、私は声の出処を探るべく静かに自室を抜けだした。

少し前に美雪が唄った『おばけなんてないさ』を思いだしていた。

怖がることはない。ここはひとつ、ありのままに受け止めてみよう。

本来ならばこの家にいるはずのない〝何か〟が、一体何を話しているのか。

好奇心にも似た思いが、いつしか私の中に湧き始めてもいた。

聞き耳をたてつつ縁側の廊下を伝って進んで行くと、声は仏間の中から聞こえてきた。

そろそろと忍び寄り、障子に耳を押し当てる。

仏間の中では、押し殺したような人々の声が、小さくさわさわと飛び交っていた。

そのまま耳をそばだて、声に意識を集中する。

「……してみでは……」「……よう……して……」

「おいに……」「あそっから……」「……がらさ……」

「ほお……」「ふふん」「はああ……」「……ます」

声はこもこもとくぐもっているうえに小さく、障子越しでも聞きとりづらかった。

それでもじっと耳を澄まし、息を殺して懸命に聞き入る。

「ほうが……」「……すか」「……すぺ」「んだ……」「すたら……」「だなあ……」


「殺すべ」


その言葉を聞いた瞬間、私は背骨をずるりと引きずりだされたような心地になった。

思わず障子から一歩、あとずさる。

気づかれたら殺される。そんな気さえもした。

とたんに眼前の障子がぱーん！　と大きな音をたてて開かれた。

見ると黒い喪服姿の女が戸口に立ち、射貫《いぬ》くような眼で私をじっと睨《にら》み据えていた。

その場に硬直し、声も出せずにうろたえていると、女の肩越しに背後の光景が見えた。

暗い仏間の中では、大勢の男女が朱塗りのお膳《ぜん》を囲んで座り、私の顔を見あげていた。

裃《かみしも》を着た侍風の男。着物姿の若い女。おかっぱ頭の少女。ちゃんちゃんこを着た老婆。

首から血を流した男。坊主頭の巨漢。肌身の蒼《あお》ざめた素っ裸の女。

それらが一斉に私のほうを向いて、凄《すさ》まじい怒気を孕《はら》んだ目で睨んでいた。

彼らは私を睨《ね》めつけながら、そのまますっと闇の中へと消えていった。

翌朝。まんじりともせず日の出を迎えた私は、やがて母が起きだした気配を感じ取り、茶の間へと向かった。

軽く朝の挨拶《あいさつ》を交わしたあと、しばらく何を話すでもなく座卓に無言で座っていると、やがて母のほうがぽつりと口を開いた。

昨日も妹を連れて件の霊能者の許へ行ってきたのだが、一年近くも改善は見られない。そんな妹の容態に、霊能者自身ももうお手あげとのことだった。そこで今度は霊能者の知り合いの陰陽師《おんみょうじ》だかなんだかを紹介すると言われたのだという。

ただしそちらは金銭的にかなり高額で、数十万単位の相談料が必要だとも言われた。父と母はこの件で大いに悩み、果たして高額な金銭を工面して相談に行くべきか否か、一晩中、頭を抱えていたのだという。

ああ、これはいよいよ食い物にされるな。

なんの疑いもなく、私はそう思った。

これ以上ペテン師のいいようにされる道理など、我が家には何もない。

ならばと思って、私はようやく腹をくくった。

その後、私はおよそ一時間近くにもわたって、これまでの間、家の中で視てきたもの、感じたもの、夢の中で見たもの、それら全てを洗いざらい、母に向かって語り聞かせた。昔から自分の目に視えてきたものも、この際だからとまとめて打ち明けた。

相変わらず私の心の中には、それらを自分自身の頭が織りなす幻覚の一種ととらえる解釈が根深く残ってはいた。

だが、今はそんなことをおくびにも出せる状況ではない。

とにかく件の霊能者から両親と妹を遠ざけねば。

後先も考えず、私はこれまで秘匿してきた自分自身の秘密を赤裸々に開示し続けた。

正直なところ、せいぜい半信半疑ぐらいに思ってくれれば御の字と思っていた。

だが、私の思惑とは裏腹に、母は私の話を全面的に信用してくれた。

そのとたん、長い間心の中で澱《おり》のようにたまっていた何かが堰《せき》を切ったように溢《あふ》れて、私は滂沱《ぼうだ》の涙を流した。充足した安堵《あんど》感《かん》と解放感が、心にどっと押し寄せてくる。

それは私がこの三年近く、心のどこかで暗に渇望し続けていたものだった。

あとから母の口づてに私の話を聞いた父も弟も妹も、私の話を全て信じてくれた。

家族が信用してくれたからといって、私自身は自分の視界に映る異様なものの全てを、肯定したわけではない。未だ心の中には、それらを幻覚だと思う解釈は残り続けていた。

ただ、それでも気持ちはとても楽になった。胸のたがはずれたように心地よかった。

私の心はようやく、あるべき形にできあがった。

そんな実感を、私はありありと心に思い抱くことができた。

暴かれた影

私の信じがたい告白を受け入れた両親は、さっそく今後の行動について協議を始めた。

まずもって相談料数十万円という陰陽師に頼るという案は、早々に却下された。

同じく、これまで両親が通い詰めた件《くだん》の霊能者に頼むのも、却下という結論となった。

私の告白を聞かされた今となっては、その日の気分で鑑定結果が二転三転するような霊能者の話など、両親にとってすでになんの効力も示さないものだった。

私としても今後の相談を途絶するという両親の英断は、ありがたいものがあった。

ただ、そうなってしまうと、またひとつ困った問題も生じた。

確かに私はこの数年間、自宅の内外において、様々なありえざるものを目撃してきた。

だが、要はただ単に〝それだけ〟なのである。

お祓《はら》いができるわけでもなければ、供養ができるわけでもなく、斯様《かよう》な物事に対してなんら的確な対処ができるわけでもない。

そもそもそんなことができるならば、とうの昔にそうしている。

私の立ち位置というのは要するに〝たまに変なものが視えてしまう一般人〟ぐらいのあやふやなものでしかないのだった。

私の告白からぼんやりとした目的は定まってきたものの、こと今後の方針についてはまったく未定の状態だった。実りも実用性もない議論をだらだらと交わし合っていると、なんだかまたふりだしに戻されたような感覚に、一家全員が襲われることになった。

結局、これといった妙案は何も浮かばず、悩み抜いた末に私たち家族がだした結論は、〝別の拝み屋に相談を持ちかける〟という、ほとんど進歩のないものだった。

ただし、今回は初めの段階で私のほうから「実はこのようなものが視えるのです」と、相談内容の詳細を説明することができる強みがあった。これに対して先方がどのような決断をくだすのか、ある意味でのお伺いを立てることができる。

その返答いかんによって、こちら側が相談の継続をするかしないかの判断もできるし、疑わしいと思われる場合には、こちら側から相談を辞退できる利点もあった。

そんな我が家の思惑に白羽の矢が立ったのは、水谷源流《みずたにげんりゅう》という初老の拝み屋だった。

水谷さんは過去に何度か、父の会社の運勢や方位方角などの鑑定に訪れたことのある初老の男性だという。

水谷さんは、姓名判断や地相家相の鑑定などを主軸としながら、土地屋敷のお祓いや先祖供養も並行しておこなっている、どちらかといえば占い師寄りの拝み屋だった。

果たしてこの水谷さんが今件の適任であるかどうか、私も家族も確証は何もなかった。ただ、こうした方面で他に頼める人材がいなかったのもまた、事実である。

結局、両親と慎重に相談した末、水谷さんに連絡をとってもらうことにした。

その日の夜。私と両親、妹の四人で、水谷さんの事務所へおもむくことになった。

出かける間際、私のそばへ曾祖母《そうそぼ》がすり寄ってきて、久方ぶりに嫌味を言われた。

「お前もとうとう、正気じゃなくなったか。カミサマ通いなんてやめとけ、バカ」

そんなことを言って、せせら笑う。

「そんなところに行って、一体なんになる？　ははは、バカ。ほとほと呆《あき》れる」

放っておくと曾祖母は、なおも執拗《しつよう》に罵詈《ばり》雑言《ぞうごん》を吐き連ねた。

私は「うるさい」とだけ言い捨てると、父の運転する車にそそくさと乗りこんだ。


水谷さんの事務所は、自宅の門口に建つ長屋門の片側に設けられた一室にあった。

中へ入ると、八畳ほどの狭苦しい室内に、テーブルとソファーの応接セットと事務机、それから奥に小さな祭壇があるだけ。私が拝み屋という商売に思い描いていた印象とはおよそかけ離れた、とても質素な構えだった。

拝み屋本人もまた、同様の趣きである。

白髪混じりの頭髪をふわりとうしろに掻《か》きあげた水谷さんは、濃紺色の背広姿だった。

怪しげな着物を着ているわけでもなければ、首から数珠《じゅず》をぶらさげているわけでもない。

その姿は拝み屋と言うよりはむしろ、学者や大学教授などに近い雰囲気があった。

ただ、眼鏡の奥から覗《のぞ》く双眸《そうぼう》は鋭く、只者《ただもの》ではないという風格を醸しだしている。

「今日はお忙しいところをすみません」

母の挨拶を皮切りに、相談は始まった。

初めに水谷さんの指示で、母が家族全員の名前と生年月日を白紙に書き起こす。

続いて両親が、妹の容態に関する経緯をかいつまんで説明。その後、今度は私自身が髄膜炎を患って以降、自宅の内外で遭遇した怪異や悪夢の詳細を説明した。

私たちが話をする間、水谷さんは何やら難しい顔色を浮かべ、家族の名前の書かれた紙をしきりに見つめ続けていた。

そして私たちの話が全て終わるなり、彼は唐突にこんなことを言った。

「今までの話に出てくる曾祖母というのは、どの人なんだ？」

紙を指差しながら、私たち家族の顔をひとりひとり、鋭いまなざしで見つめていく。

一瞬、質問の意味がまったく分からず、私たちは一様に返答に窮した。

だが、水谷さんの発した質問の意図が分かった瞬間、私の背筋にひどい悪寒が走る。

母が書いた家族の一覧に、確かに曾祖母の名前は書き記されていなかった。

初めは母がうっかり書き忘れたのだろうと思ったのだが、違った。頭の中で曾祖母の名前を思いだそうとしたが、私は思いだすことができなかった。

のみならず、曾祖母の顔さえろくに浮かんでこない。浮かんでくるのは幼い頃からの曾祖母とのやりとりや、過剰なまでに神仏を疎んじる気質など、曾祖母の動向に関する忌まわしい記憶だけである。

しかもよくよく記憶をたどっていくと、そもそもこの人物は、私の曾祖母ですらない。我が家の本当の曾祖母は、私が物心つく前に病気で亡くなっている。私が知っている本当の曾祖母というのは、本来ならば遺影の中の物言わぬ曾祖母なのである。

頭が混乱した。強い眩暈《めまい》と動悸《どうき》も感じた。救《たす》けを求めるように両親の顔を覗き見る。

ところが父も母も顔色を蒼《あお》ざめさせ、膝《ひざ》の上に組んだ指をかたかたと震わせている。

「確かにそんな人間は、うちにいません……」

唇をがたつかせ、蚊の鳴くような声でようやく父が、それだけ言った。

ご多分に漏れず、これも私の無意識が顕現した幻覚かと考え始めていたところだった。

だが、色味を失った両親の面差しと、最前までふたりが語っていた話を思い返すにつれ、これが紛れもない現実だということを思い知らされる。

先刻、父と母が語る話の中にも、曾祖母の話題は飛びだしていたのだ。

とにかく昔から神仏を邪険に扱い、家族が仏前や神棚に拝むことを嘲笑《あざわら》っていたこと。

そのせいで満足に仏壇や神棚を拝することができなくなってしまったこと。

そうしたことが原因で、我が家にいろいろと障りが生じたのではないか――。

そのようなことを父と母は、水谷さんに切々と吐露していた。

だからこれは、私個人のみに生じた問題ではないのである。肌身が一気に寒くなった。

「思ったより、根が深そうだな」

震え慄《おのの》く私たちを見ながら、水谷さんは言った。

「娘の体調の原因は、あの曾祖母なんでしょうか……？」

おずおずと、母が水谷さんに尋ねる。

「それはまだ分からない。ただこのまま放っておくと、ろくなことにはならんだろう」

眉間《みけん》に軽くしわを寄せ、水谷さんが即答した。

「水谷さんの力でなんとかできませんか？　私たちもできることはなんでもやります」

父が水谷さんに頭をさげて懇願する。

「地相家相の鑑定や姓名判断なんぞより、本来はこっちのほうが俺の本分なんだ」

――とにかく、やれるだけやってみよう。

父の願いにいくらの間も置かず、水谷さんはこれを承諾した。

「それで、いつ頃お越しいただけるでしょうか？」

母の問いかけに、水谷さんは再び即答する。

「決まっているだろう。今夜、これからだ」

そう言うと、水谷さんはただちに仕事の準備にとりかかった。

数多の声

準備に少し時間がかかるとのことで、私たち家族はひと足先に自宅へ戻った。

水谷さんは準備が整いしだい、すぐに参じるという。

時刻は夜の九時過ぎ。玄関戸をくぐって家内に入ると、中はしんと静まり返っていた。

認知症の祖母はこの時間、すでに私室で寝入っている。ためしに部屋を覗いて見たが、すやすやと寝息をたてて眠る祖母の姿が、きちんとそこにあった。

そっと近づき、顔を見てみる。やはり祖母は祖母だった。

あの曾祖母を装った何者かとは、まったくの別人である。

だから私たち家族が、祖母と曾祖母を勘違いしているわけでは決してないのだった。

一方、曾祖母本人の気配は、今や家内に毛ほども感じられない。

水谷さんの事務所へ出かける前には、確かに家にいたはずなのに……。まるで正体を知られ、雲隠れでもしたかのように、曾祖母は家から忽然《こつぜん》と姿を消していた。

私を始め、父も母も妹も、本心では認めたくない気持ちがわずかにあったのだと思う。

無理からぬ話である。ほんのつい先刻、水谷さんから指摘を受けるまで、あの曾祖母がこの世に実在しない人物だなどと、誰ひとりとして疑ったためしがないのだから。

それほどまでにあの〝曾祖母〟という存在は私たち家族にとって生々しく、我が家の暮らしに一片の違和感もなく溶けこんでいた。

あれはこの世に存在しない。もういないのだ。

頭では理解できていても身の置きどころがなく、居ても立ってもいられなかった。

固唾《かたず》を呑《の》みつつ、私たちはいるはずのない曾祖母の姿を求めて、家中を捜し歩いた。

茶の間の襖《ふすま》を開け、隣の仏間を覗く。曾祖母の姿はない。

仏間の襖をさらに開け、奥座敷へと分け入る。やはり曾祖母の姿はない。

その後、残りの各部屋を始め、風呂《ふろ》、トイレ、台所まで、家中の全てを捜し歩いたが、それでも曾祖母の姿はどこにも見つからなかった。

代わりに家中を捜し歩いているうち、私の口からついと嫌な疑問が飛びだしてしまう。

そう言えば、曾祖母は今まで一体、この家のどの部屋で寝起きをしていたのか――。

些細《ささい》なことだが、極めて重大な情報を、家族の誰ひとりとして思いだすことができず、そこで再び蒼ざめた私たちは、震える足で茶の間へと戻った。

座卓を囲んでそれぞれの定位置につくが、何を話したものやら分からなくなっていた。父も母も顔をこわばらせ、妹は目を潤ませて今にも泣きだしそうな顔をしている。

やがて誰ともなく、今の心情をぽつりぽつりと語り始めた。

それらを聞くうち、やはり私以外の家族も長年、あの曾祖母と過ごした記憶が脳裏にありありと刻みこまれていることを改めて実感する。

その一方で曾祖母《そうそぼ》に関する不審な点も、再びいくつか浮かびあがってきた。

父と母の述懐によると、確かに長い年月、曾祖母と暮らしたという記憶はあるのだが、それが果たしていつ頃なのかは思いだせないのだという。

私と妹の記憶にある曾祖母の存在は〝物心ついた頃からもうすでにいた〟である。

ところが父と母のほうは、曾祖母に関する最も古い記憶が欠落していた。

一体、いつ頃から家族として暮らし始めたのか。その水端《みずはな》が思いだせないのだという。

いかに偽りの身分とはいえ、父にとってあの曾祖母は、実の祖母に当たる存在である。

「子供の頃から一緒に暮らしていたの？」と尋ねると、父はそれすらも定かではないと、顔色を曇らせた。

幼い頃の父の記憶には〝本当の祖母〟との思い出は、確かに存在しているのだという。

しかし、あのもうひとりの曾祖母については記憶があやふやだと、父は首をひねった。

幼い頃からいたような気もするし、そうではないような気もする。どれほど考えても記憶は混沌《こんとん》としていて、考えれば考えるほど分からなくなっていくのだという。

そこまで聞けばもう十分だった。明確な結論など、おそらく出ない問題なのである。

これはきっと、常識で計れるような案件ではない――。

言葉を重ねれば重ねるほど、私たちの身体の震えもそれに比例するようにいや増した。

薄暗い茶の間を包みこむ異様な雰囲気にとても耐えることができず、あとは水谷さんに全てをまかせようということで、私たちは曾祖母に関する話題を打ち切った。

時計を見ると、帰宅してからすでに三十分近くが過ぎようとしていた。

もうそろそろ水谷さんがやって来るかもしれない。

今のうちにトイレを済ませておこうと思い、私はひとりで席を立った。

茶の間の北側に嵌《は》まるガラス戸を開け、廊下へと出る。L字形の曲がり角に裸電球が一本だけぶらさがる我が家の廊下は、相変わらず薄暗く陰鬱《いんうつ》だった。

思えば我が家は廊下と言わず、昔から家全体が薄暗く、昼でも光の少ない家であった。周囲に森や雑木林があるわけでもなく、かといって窓の少ない閉塞《へいそく》した造りでもない。南向きの玄関には大きなガラス戸。縁側にも掃きだし窓がずらりと並んで嵌まっている。本来ならば太陽の光がさんさんと射しこむべき、明るい造りの家なのである。

家の西側にも東側にも大きな窓が何枚もある。北側も台所を始め、窓だらけである。こんな造りの家が年中とおして薄暗いなど、本来ならば決してありえないことなのだ。

はるか昔は、こんな暗さではなかったような気もする。

たとえば物心がついたばかりの頃。縁側で洗濯物を畳む母のそばに寄りそっていた時、窓から降りそそぐ日差しは明るく暖かく、それはまぶしくて心地のよいものだった。

そんな古い記憶が、私の頭に残っている。

では一体いつからこの家は、こんなにも陰気で薄暗いものになってしまったのか。

トイレの戸を開け、用を足しながら、私はさらに古い記憶をたどっていく。

答えはすぐに見つかった。思いださなくてもよいことを、私の頭は思いだしてしまう。

幼稚園の頃である。仏前にクリスマスプレゼントを持っていってから、少し経った頃。曾祖母の言葉が気になって仏壇の中を覗《のぞ》いた私は、そこに深々とした黒い闇を見た。思えば家全体が暗くなってしまったのは、あの闇を見て以来ではなかったか。確証は何もない。ただ、当時の情景はまるで昨日のことのように頭の中に蘇《よみがえ》ってくる。黒々と染まった仏壇の記憶に、私はぞっとなって身を竦《すく》めた。

用を足し終えトイレを出たところで、思いださなくてもいいことを私は再び思いだす。トイレを抜けた真正面には、裸電球の発する脆弱《ぜいじゃく》な光を浴びて、L字形の曲がり角が仄暗《ほのぐら》く浮かびあがっている。

陰気を孕《はら》んだ床板を眺めていると、遠い昔の記憶が意識の深奥から浮かび始める。

自分の足で歩くことができて、片言で話すこともできたから、おそらくは三歳か四歳。窓から射しこむ陽光がぬくぬくと心地よかったので、季節は春か初夏だったのだと思う。

昼寝の時間のさなか、曾祖母から教えられた〝こころ〟の使いかた。

午睡から目覚めたのち、西日に染まるトイレの窓で目撃した巨大な女の顔。

恐れ慄《おのの》きトイレから飛びだすと、この廊下の曲がり角に曾祖母が立っていたのである。

怖がる私をげらげらと嘲笑った曾祖母のあの態度、言葉、威圧感。

あれは一体、何を意味するものだったのか。

私は一体、曾祖母に成りすましたあの女に、何をされてしまったのか――。

考え始めると、息苦しくなるほど動悸《どうき》が速まり、強い吐き気も催してきた。

と——そこへ突然、奇妙な声が私の耳に飛びこんでくる。

さわさわと囁《ささや》くような、潮騒《しおさい》のごとく静かで幽《かす》かな響き。声はひとりのものではなく、どうやら複数人が発するもので、同じ言葉を何度も執拗《しつよう》に繰り返しているようだった。

声は初め、遠くから聞こえてくるように感じられた。

ところが、そうかと思って耳をかたむけると、今度は耳のすぐそばから聞こえてくる。

距離が一定しない。なんだか自分の頭の中から聞こえてくるようにも感じられる。

声はたちまち増えていき、そのうち蛙の大合唱のようになった。何を言っているのか耳を澄まして聞いてみると、どうやら「おふろ」とか「ほうん」という言葉を大人数で繰り返していることが分かった。

急ぎ足で茶の間へ戻る。すると両親と妹も耳をそばだて、肩を寄せ合い震えていた。

訊《き》けば、先刻から何かわけの分からない声がしきりに聞こえてくるのだという。

私は愕然《がくぜん》として「それは『おふろ』とか『ほうん』という言葉ではないか」と尋ねる。

すると三人とも声を揃えて「そうだ」と答えた。

膝《ひざ》が笑いだし、立っていられなくなる。私はその場にへたりこむように腰をおろした。

家族も歯の根をがたがたと震わせ、周囲をきょろきょろと見回している。

そうしているうちに今度は少しずつ、声が大きくなり始めてくる。

おのずと言葉も明瞭《めいりょう》になる。声の発する言葉の意味も分かってくる。

声は「おふろ」と言っているのではなく、「ほうん」と言っているのでもなかった。

屠《ほふ》る。
身体を切り裂き、ばらばらにして殺す——。と言っているのである。
家族へ向けて思わず口にだした私の言葉は、奇妙な音色に上擦っていた。
言葉の意味を知ったとたん、母と妹が金切り声をあげる。私と父もつられて絶叫した。
それでも声は、なおも絶えることなく聞こえてくる。

ほふるほふるほふるほふる……ほふるほふる……ほふるほふるほふる……
屠る屠る屠る屠る……屠る屠る屠る屠る屠る屠る……
ほふるほふる……ほふるほふるほふるほふる……
屠る屠る屠る屠る屠る……屠る屠る屠る……屠る屠る屠る屠る屠る……
ほふるほふるほふるほふる……ほふるほふるほふるほふるほふる……

とうとう耐えきれず、私たちは悲鳴をあげながら一斉に玄関を飛びだした。
そこへ家の門口から、ヘッドライトの強烈な光が私たちを照らしつける。
ようやく水谷さんが到着したのだった。

消滅と消失

水谷さんを先導しつつ、及び腰で家の中へ戻ってみると、声は嘘のように消えていた。薄暗い家内は一転、不気味なほどの静寂に包まれている。

「声が聞こえなくなっただけだ。まだ家の中に気配はある」

茶の間の天井や廊下の暗がりに鋭く眼を光らせながら、水谷さんは言った。

我が家を訪れた水谷さんは、純白の神官用白衣に紫色の袴姿《はかますがた》に着替えていた。装いが変わったせいもあるのだろうが、先ほど事務所で会った時とは別人のように見える。

「時間を置けないな。すぐに取りかかる。仏間を貸してもらえるだろうか？」

両親が承諾すると、水谷さんは両手に大きなカバンをたずさえ、迷いのない足どりでまっすぐ仏間へと向かった。

それから水谷さんの指示で、仏間にある神棚の前に大きな座卓を設《しつら》えた。

水谷さんはその上に、カバンから取りだしたお祓《はら》い用の道具を次々と並べていく。大幣《おおぬさ》と呼ばれる、土台のついた木組みに紙垂《しで》を挟みこんだもの。生の榊《さかき》に弓と破魔矢、升に盛られた清め塩。そして大幣と同じく、紙垂を白木の棒の先端に挟んだ祓え串《ぐし》。

水谷さんの手によってそれら全てがてきぱきと、座卓の上に整えられていった。

「一体、この家で何が起きているんでしょうか？」

座卓の前に座る水谷さんに向けて、父が問うた。

「まだはっきりとは分からんが、この家に棲《す》みついている良からぬ者が、次から次へとろくでもない者を引き寄せている。まあ、そんなところだろうな」

わずかに思案したあと、水谷さんは答えた。

その回答には、私自身も腑《ふ》に落ちる点が多々あった。

昔から一貫して仏壇や神棚への拝礼を忌み嫌い、それらをおこなう家族を嘲《あざけ》っていたあの曾祖母《そうそぼ》の思想と行動。裏を返せばそれは、私たち家族の足を仏壇と神棚から遠ざけ、家の守りとなるべき神仏の力を弱めようという画策だった、とも解釈できる。

加えて水谷さんが発した「ろくでもない者を引き寄せている」という言葉。

これにもまた、私は思い当たる節があった。

例の白い着物姿の女である。

祖父の代から実に、一家三代にもわたって目撃され続けてきたあの女。世代が代わり、目撃者が代わるごとに成長し、我が家へ少しずつ接近してきたあの女。

これはまるで、水谷さんの言葉を暗に裏づけ、象徴する現象そのものではないか……。

ここまでつらつらと考えたところで私は、いつのまにか我が家と我が身に降りかかる一連の事象を全て〝この世ならざる者〟が引き起こした怪異と解釈している自分自身に、はたと気づいて驚いた。

短時間のうちに信じられないようなことが立て続けに発生したため、気づかぬうちに場の空気に完全に吞《の》みこまれていたのである。

冷静に思い直すと、視えざる世界にすでにどっぷりと浸《つ》かりこんでいる自分がいた。潜行性の狂気とでも言うべきか。人知を超えた現象の解釈に私の無意識が救いを求め、気づけば一も二もなくすがりついてしまっていた。

これではよくないと思考を切り替える。たとえどんなに常軌を逸した事象であっても、何かかならず合理的な説明をくだせる余地はあるはずなのだ。

平素、私が自分自身に言い聞かせている幻覚のせいだと解釈してもいい。私と家族が情報を共有する曾祖母の件についても、単なる集団パニックと断定してもいい。

何かあるはず。霊やら祟《たた》りやら、そんな不確かであやふやなものを持ちださなくても、何か合理的な解釈をくだせる考え方がきっとあるはずなのだ。

そこへふいに、曾祖母との些細《ささい》なやりとりが頭の中に鎌首をもたげて蘇《よみがえ》った。

二十歳の夏。髄膜炎で倒れる寸前。私が暗い廊下にへたりこんで喘《あえ》いでいた時である。目の前に突然現れたあの女は、懐から怪しい錠剤を抜きだすと、そっと私に手渡した。

そして私は、それを吞んだ。直後に私は昏倒《こんとう》する。

それから再び気がつけば、以前にも増して視えざるものが視えるようになっていた。

何を吞ませた？　あの時、あいつは私に一体、何を吞ませた？

――あの女は私に、何をしでかしてくれた？

「余計なことは考えなくていい。のめりこんだら心まで持っていかれるぞ」

水谷さんの鋭いひと声にはっとなり、たちまち私は我に返る。

「辻褄《つじつま》なんぞ合うわけがない。どんなに頭を抱えて考えても、答えなんぞは出やしない。これはそういう問題じゃないんだ。ただ今、この家の中で起こっていることを始末する。始末がきちんと終わったら『もう大丈夫だ』と安心する」

考えるべきは今までのことではなく、これからのことなんだ——。

ゆっくりと、噛《か》んで含めるように水谷さんが私に言った。

私もそのとおりだと思う。本当に肝心なのは、この異様な状況からの脱却こそである。

ただ、それでも私はどうしても、水谷さんに答えて欲しい疑問がひとつだけあった。

「私が今まで視てきたものは、幻覚なんでしょうか？　それとも本当に何か、人の目に視えない——この世のものでないものを視続けてきたんでしょうか？」

それは私自身にとって、何にも増して重大な問題である。

「お前さんは、自分の目に視えているものを幻覚だと割りきって、気持ちが楽か？」

私の目をまっすぐに見つめ、水谷さんが問う。

「いえ、すごく苦しいです……」

たったひと言。改めて訊《き》かれると、私はそれだけしか答えられなかった。

「なら、幻覚なんかじゃない。それでいいじゃないか。何か問題でもあるのか？」

「……いえ、何も問題はないと思います」

水谷さんが口元で小さく笑ったので、私も頬をゆるめて微笑んだ。

長年抱えていた私の悩みと疑問が、潮が引くように消えていくのが実感できた。


それからまもなく、水谷さんによる魔祓いの儀式が始まった。

座卓の前に座り、祝詞《のりと》をあげる水谷さんの背後に並んで、私たち家族も腰をおろす。

五分ほど、祝詞が続いた頃だろうか。

私の視界に異変が生じた。

大昔のフィルム映画で見るような黒い縦線が視界の端々に現れ、小刻みに揺れている。

そのまま無言で見続けていると、黒い筋がだんだんと増え始めてきた。

不審に思って視線を動かし、頭を少しかたむけると、黒い筋の角度も微妙に変わった。

今度は左右に視線を向けてみる。黒い縦線はどちら側にも見えたが、視界の正面とは数も角度もまったく違っていた。

その瞬間、私はようやく気づく。黒い縦線が私自身の視界の異常によるものではなく、実際にこの仏間に存在して、自分の目の前にあるのだということに。

線をたどって、上へと視線を移す。

天井いっぱいに無数の人間の顔がずらりと並んで、長い黒髪を一斉に垂らしていた。

思わず「うわっ!」と声があがり、私はすかさず視線を自分の膝《ひざ》へと差し戻す。

同時に仏壇の中で、ごとりと何かが倒れる音がした。

祝詞をあげていた水谷さんの声が、ぴたりと止まる。

頭上の異変に果たして気づいているのかいないのか。水谷さんは顔色ひとつ変えずに座卓の前から立ちあがると、動じる気配もまるでなく、静かに仏壇の中を覗《のぞ》きこんだ。

「誰か、これに心当たりのある者はいないか?」

言いながら水谷さんが、私たちに仏壇の中を指し示す。

父と母、妹が立ちあがり、仏壇へ向かって近づいていく。私も立とうとしたのだが、頭上に浮かんだ顔の群像が恐ろしく、寸秒ためらうことになった。

だが、よくよく辺りに視線を向けてみると、先ほどすだれのように垂れさがっていた無数の髪の毛が一本も見当たらない。怖《お》じ怖じしながらも再び頭上を見あげてみれば、天井一面を埋め尽くしていたあの顔たちも、いつのまにか綺麗《きれい》さっぱり消え失《う》せていた。

どうにか気をとり直し、立ちあがって仏壇の中を覗きこむ。

水谷さんが指差す先には、前のめりに倒れた回出位牌《くりだしいはい》と、中に入っていたとおぼしき古びた札板が、せせこましい仏壇内の方々に散らばっていた。

水谷さんが札板を何枚かつかみあげ、表を向けて私たちの目の前に差しだす。

木札はいずれも湿気を含んでわずかに膨らみ、白黴《しろかび》と青黴があちこちに付着していた。

表に筆字で戒名が書き記されていたが、誰のものなのか判然としない。

続いて水谷さんが、札板を引っくり返して裏側を見せる。

そこには見たことも聞いたこともない人物たちの俗名が書き記されていた。

そもそも書かれている苗字《みょうじ》自体が、我が家のものとまったく異なる。なおかつ苗字は、札板によって全てばらばらだった。

同じく没年月日も一定しない。古いものでは文政《ぶんせい》や明和《めいわ》と書かれたものもあるのだが、それらに混じって昭和末期や平成と書かれた故人の札板まである。

時代が平成に入って以降、我が家で永逝したのは祖父だけである。他には誰もいない。だからどう考えても、こんなものが我が家の仏壇に存在するわけがないのである。

札板は全部で十数枚ほどあった。

父と母が一枚一枚検《あらた》めてみたが、どちらもまるで心当たりがないと答える。そもそも仏壇の中で倒れている回出位牌そのものすら、まったく見覚えがないのだという。

「そうか。ならばこれは焚《た》きあげて処分する。これで大体は収まるはずだ」

座卓の上で札板と回出位牌をまとめあげ、水谷さんはそれらを白紙に包みこんだ。

「なんなんですかね、これ。誰がこんなものを仏壇に入れたんでしょう……」

震え声で母が水谷さんに尋ねる。

あの曾祖母に決まっている――。ほとんど無意識に、そんな答えが私の心中に湧いた。

「くわしい事情は俺にも分からない。ただ、よくないものだというのは間違いない」

さっそく燃やそう――。そう言って、水谷さんが立ちあがった直後だった。

ばあん！　という大音響とともに、廊下へ続く仏間の板戸が勢いよく開け放たれた。

びくりとなって振り向くと、白い着物姿の曾祖母《そうそぼ》が、板戸の向こうに立っていた。

曾祖母はしわだらけの満面に怒りとも笑いともつかぬ異様な形相を浮かべ、私たちに向かって一直線に突進してきた。

とたんに私を含む家族一同の口から、あらん限りの大絶叫が絞りだされる。

曾祖母の顔が、私の鼻先までぐんと近づく。私はなおも悲鳴をあげ続けている。

そこで私の記憶は、ぷつりと断ち切れている。


再び気がつくと私は、仏間の畳の上で毛布をかけられ、寝かされていた。

傍らには母と妹が座り、心配そうなまなざしで私の顔を見おろしている。

「どうなった？」

未《いま》だぶるぶると震える身体をどうにか起きあがらせ、ふたりに尋ねる。

「終わったよ。全部無事に終わった」

大きく首をうなずかせながら、母と妹は口を揃えてそう答えた。

時計を見ると、深夜零時を少し過ぎていた。水谷さんのお祓《はら》いが始まったのが十時頃。

水谷さんが仏壇から異様な位牌を見つけたのが、確か十時半過ぎ辺りのことである。

曾祖母が私たちの前に突如として姿を現したのが、その直後。

そこから今に至るまでの記憶がまったくなかった。だから私はあの後、一時間半ほど昏倒していたことになる。

「何があったの？」と尋ねると、今度は母も妹も口を固く閉ざしてしまった。

「とにかく、今はゆっくり身体を休めたほうがいいから」などと、母はしきりに話題を曾祖母の件からそらそうとする。

空気を察した私もなんとなく尋ねづらくなり、仕方なく話題を変えることにした。

水谷さんと父の姿が見えないので、どこへ行ったのかと尋ねると、庭先で例の札板を燃やしているのだという。

水谷さん曰《いわ》く、これで全て事が収まったとのことだった。

母も妹も心底安堵《あんど》したような顔色で、頬には安らかな笑みを浮かべている。

その一方で、私は先刻、眼前まで押し寄せてきた曾祖母の、あの忌まわしい顔と姿が再び脳裏に蘇《よみがえ》り、ひどい悪寒に襲われた。

本当にこれで終わったのか――。

結末を見ることも知ることもかなわなかった私の胸中には、そんな疑念がいつまでも熾《おき》のように燻《くすぶ》り続けた。

虚しき流れ

実家における全ての始末が終わった、数週間後。

五月下旬のよく晴れた日。両親に聞かされた話が、私の将来を決定的なものにした。

その日、両親はまたぞろ、件《くだん》の霊能者の許《もと》へ出向いていた。

律儀にも今回の件が全て無事に片づいたという報告と、これまで長い間世話になった感謝の意を伝えるため、わざわざ夫婦揃って挨拶《あいさつ》に行ったのだという。

何かにつけて礼を重んずる両親らしいといえば、それまでの話である。

しかし私としては、とても複雑な心境だった。あれだけ騙《だま》されていたにもかかわらず、まだ心が抜けきれていないのかと、ふたりの今後の行く末が心配にもなった。

愚かだとも感じた。

私の不安が顕在化したのは、霊能者から託《ことづか》ってきたという言葉を聞いた瞬間だった。

「あんたの息子はすごい。この道に進んで、悩める人を救うという運命を背負っている。その運命からは絶対に逃れられない。今すぐにでも心を決めるべきだ。もしもよければ、私が面倒を見てあげてもよい。立派な霊能者に育ててあげてみせる」

訪ねていった両親に、霊能者は嬉々《きき》としてそのように語ったのだという。

皆まで聞かずとも、これだけで向こうの思惑は大体察しがついた。

おそらく私を弟子か何かに仕立てあげ、いいように抱えこもうという魂胆なのだろう。そうなればこのどさくさに紛れて、一石二鳥というものである。

すなわちひとつには、これまで自身が当てずっぽうで並べたてた霊視だかなんだかの鑑定結果を、この機に乗じて有耶無耶《うやむや》にすることができる。

ふたつには、ここで私を弟子に迎えれば、私の両親に新たな恩を売ることができる。

思惑どおりにお膳立てが整えば、あとは向こうの思うがままである。仮にそうなれば今後の我が家の行く末がどんなものになるのか、考えただけでも気が重くなった。

もうこれ以上、我が家に余計な波風がたつのは御免こうむりたいことだった。

あの晩の一件以降、すっかり様変わりした我が家の空気に、私は満足していたのだ。

水谷さんによる魔祓いの儀式が終わった翌日から、妹の容態は嘘のように回復した。まもなく学校に復帰することもでき、今現在は一日も休むことなく通学を続けている。

私自身も翌日以降、自宅の内外で怪しいものを目撃することがほとんどなくなった。この数週間の間、私が目撃したものと言えばせいぜい、深夜のアルバイトへ向かう途中、通い路の道端で首のない子供の姿を見かけたくらいのものである。

それすらも今や、大した問題ではなくなっていた。あの晩、水谷さんから告げられた「それでいいじゃないか」という言葉が、私の心から余計な気負いを消していた。

そんな平穏無事な毎日の中、とりわけ私が驚いたのは、家の中の明るさである。

魔祓いの翌朝から、まるで見えない遮光カーテンを剝《は》がしたかのように、我が家にはさんさんとした日差しが射しこむようになっていた。家中の窓際という窓際はもちろん、あんなに暗くて陰鬱《いんうつ》な雰囲気を醸しだしていたあのL字廊下でさえも、かつての暗さが嘘のように、明るく健全なものとなっていた。

斯様《かよう》に我が家を取り巻く環境は、劇的によい方向へと改善されていたのである。

こうした日常を再び失ってしまうことは、私には何よりも耐えがたいことだった。

だから私は決めたのである。

「どうする?」という母の問いかけに、私は「いいよ」とすかさず答えた。

ただし、件の霊能者とは一切かかわらない。水谷さんの許でなら、という条件つきで。

今後の我が家と、家族の行く末を案じた末の決断だった。

いっそのこと私自身が拝み屋になればよい。そうすれば私の家族たちも今後は一切、他の同業者に足を運ぶ必要がなくなる。そのように判じたがゆえである。

同時にそれは、私自身の身を守るという実益にもつながる。

人の目に視えざるものとどのように向き合い、またどのように接していけばよいのか。気持ちは以前より多少楽になったとはいえ、具体的な対処法は未だ何も分からない。

仮に今後、我が家で再びこうした凶事が勃発《ぼっぱつ》しないとも限らないのである。そうした時にきちんと対処できる術《すべ》を、私自身が持ち得てさえいれば——。

家族も家も自分自身も、しっかり守っていけそうな気がした。

だから私は、決心したのである。拝み屋になろうと。

その日のうちに、私は水谷さんに連絡をとった。

内心、どきどきしながら状況をかいつまんで説明すると、水谷さんはほとんど即答で「分かった」と答えた。


数日後、水谷さんが再び我が家を訪れた。

「仕事で使う拝み名を決めてやった。新しい苗字と合わせると、こんな名前になる」

そう言って座卓の上に広げた紙には、筆字で墨痕《ぼっこん》鮮やかにこう書かれていた。

郷内心瞳《ごうないしんどう》

「もったいないぐらい、いい名前ですね。ありがとうございます」

水谷さんに丁重に礼を述べ、私は深々と頭をさげる。

「姓が変わって名も変わり、進む道も大きく変わった。まるで生きながらの転生だな」

そう言って水谷さんは、微《かす》かに口元を綻《ほころ》ばせた。

実はあの晩の一切が終わってまもなく、私は母方の実家に養子縁組をしていた。

理由は後継者の不在である。

母方の実家に当たる郷内家は、祖父も鬼籍に入り、今や祖母ひとりの家になっていた。祖父母の間にはふたりの娘がいたが、長女である母は私の実家である柊木家に嫁ぎ、次女である母の妹も、同じく嫁にもらわれている。後継者が不在の郷内家は、このまま捨て置くと母の代で絶えてしまう運命にあった。

そこで一計を案じた父が、長男である私を郷内家の養子にだすことに決めたのだった。父の計画では当初、柊木家の次男坊である私の弟を郷内家の養子とする予定だった。ところが肝心要の弟に話を持ちかける時期、たまさか弟自身の結婚話が浮上してしまう。そんな時期に弟が首を縦に振るはずもなく、弟の養子縁組は断念するより他なかった。結果、あえなく養子候補として白羽の矢が立ったのが、私だったというわけである。

この提案に関して私自身は、なんの抵抗も感じなかった。郷内家の養子になったところで、住まいが変わるわけでもなければ、両親との関係に変化が生じるわけでもない。いずれ郷内家を継ぐ身とはいえ、当面は現在のままである。特に悩むこともなく、私はこの提案を受けることにした。

拝み屋の仕事に関しては、私は水谷さんの弟子ではなく、見習いという扱いになった。理由は彼自身が師弟関係を嫌うことと、早い時期に私を独り立ちさせるためである。ただし、私を弟子と称さないだけで、関係自体は師弟のそれと実質変わりはない。

水谷さんは当面の間、私に拝み屋としての基本的な知識や作法、その他諸々《もろもろ》の技術を実地で教示してくれると約束してくれた。

それからさらに数日が経った、日曜日の午後。水谷さんが再び我が家を訪れた。これから向かう新たな依頼主の許へ、私を同行させるためである。

「あの晩、曾祖母《そうそぼ》はあのあと、どうなったんですか？」

水谷さんの運転する車の助手席に座り、私は兼ねて燻り続けていた疑問を思いきって水谷さんにぶつけてみた。

「無事に終わった。あの女はもういない。お前も知っているだろう？」

前方の路上に目を向けたまま、水谷さんは事も無げにそう答えた。

けれども私は、知らないのである――。その後も私の家族は、私が意識を失っていたあの空白の時間について、相変わらず何も語ってはくれなかった。

家族の不審な沈黙を目の当たりにするたび、私の心はざわついた。その沈黙の理由に何かとてつもなく忌まわしく、知れば普通でいられなくなるような事実が隠されている。そんな気配をまざまざと感じとり、私は少なからぬ不安を暗に抱き続けていたのだ。

「覚えていないんです。家族も何も話してくれません。私は何か、とんでもないことをしてしまったんですか？」

――それとも、されてしまったんですか？

気持ちがざわざわとどうしても落ち着かず、なおも私は水谷さんに食い下がる。

すると水谷さんはこう答えた。

「くわしく知る必要なんぞない。知ったところで、終わったことだ。大した意味はない。前にも言っただろう？　のめりこんだら心まで持っていかれると。今は黙って精進しろ。いつかお前が一人前になったら話してやる。それまで余計なことを考える必要はない」

淡々とした口ぶりで言いきると、あとはそれっきり水谷さんは黙ってしまった。

それが今すぐにでも知りたいからこそ、覚悟を決めて尋ねたというのに――。

あの晩、私の身に一体何が起きたのか。結局、答えを知ることはできなかった。

代わりにそれを知るための途方もない条件を聞かされただけである。

拝み屋か――と、改めて思う。

流れと勢いにまかせ名乗りをあげてみたものの、いざこうしてまだ見ぬ依頼主の許へ向かう段になると、果たしてこれでよかったのかと、わずかに気持ちが揺らぐ。

半年ほど勤めたコンビニは、まもなく辞める手はずになっていた。

『おばけなんてないさ』を唄《うた》っていたあの美雪とも、二度と会うことはなくなるだろう。

「拝み屋を始めました」などと、「実は人の目に見えないものが視えるんです」などと、胸を張って他人に打ち明ける勇気は私にはなかった。

これからどんどん、世間づきあいや行動が制限されていくような予感も覚えていた。

私がこれから踏みこむ世界は、この世の裏側、あるいは暗黒面である。そんな世界に足を踏み入れ、平凡な日常生活を送れるなど、夢にも思うことができなかった。

現にこれから向かう先もそうである。

水谷さん曰《いわ》く、夜な夜な鴨居の下から首吊《くびつ》りのごとく、女の生白い脚がぶらさがる家。良からぬ何かが家人の魂を喰《く》らい続ける家、なのだそうである。

およそ信じがたい話だが、我が家の凶事を経たあとでは強い現実味を感じてしまう。

そんな自分が少し嫌だった。

「勝算はあるんですか？」と私が尋ねると、水谷さんはぶっきらぼうにこう答えた。

「勝算なんぞ、一度も浮かんだことがない。全部が全部、ぶっつけ本番だ。この仕事はまともにやればやるほど、己の無力さを痛感させられる。おまけに儲《もう》かりさえもしない。その苦しさを知ってもらうために、今日はお前を連れていくことにした。しんどければしんどいと正直に言え。すぐにやめさせてやる」

やはり思ったとおりの世界である。苛烈《かれつ》で過酷で理不尽な、そんな世界なのである。

もう二度と、元の日常には戻れない気がした。人にすら、戻れないような気がした。


昔日が、はるか果てへと遠のいていく――。

幼い頃。病室のベッドの上。貞雄君と肩を寄せ合い、身震いしながらむさぼり読んだ、怖くて不思議で、そして楽しいお化けの話。

家族みんなで「うわっ！」と叫び合い、時には笑い合いながら興じた、怪談会の一幕。

周囲の大人や古老たちから夢中になって聞いた「逆さ稲荷《いなり》」や「厠《かわや》なまず」の怪談話。

彼ら自身の、あるいは近しい誰かの身に起きた胸躍るような怪奇の数々。

それらが全て、ひどく哀しいものへと変わっていく。切ないものへと変じてゆく。
こんなはずではなかったのに。
私が好きなお化けや幽霊の世界とは、こんなものではなかったのに。
私は信じていない。自分の目に視える忌まわしいものが、それらと同じものだなどと。
未《いま》だに私は、心の底から信じてなどいない。
だからこそ私は、向き合わなければならないのだ。己が目に視えるこの現実と。
気休めでもこじつけでも、なんでもいい。何がしかの答えが得られるその日まで。
茫漠《ぼうばく》と思いを巡らせていくうち、やがて車がどこかの家の門口へと入った。
車窓越しに前方を見やれば、外からでさえも寒々とした雰囲気をありありと漂わせる、
古びた大きな屋敷が目の前にあった。
この家こそが、夜な夜な鴨居の下から首吊りのごとく、女の生白い脚がぶらさがる家。
良からぬ何かが家人の魂を喰らい続ける家、なのだろう。
玄関前に車が停まる。
覚悟を決めて車を降りると、水谷さんの背を追って、私は屋敷の中へと入っていった。
もう二度と帰ることのできない日常を、背中にひしひしと感じながら。

本書は書き下ろしです。

拝《おが》み屋《や》怪談《かいだん》　逆《さか》さ稲荷《いなり》
郷内心瞳《ごうないしんどう》

角川ホラー文庫　19237

平成27年6月25日　初版発行
令和7年10月10日　18版発行

発行者——山下直久
発　行——株式会社KADOKAWA
〒102-8177　東京都千代田区富士見2-13-3
電話 0570-002-301（ナビダイヤル）
印刷所——株式会社KADOKAWA
製本所——株式会社KADOKAWA
装幀者——田島照久

◆◇◇

ISBN978-4-04-103015-8　C0193
JASRAC 出 1505179-518

角川文庫発刊に際して

角川源義

第二次世界大戦の敗北は、軍事力の敗北であった以上に、私たちの若い文化力の敗退であった。私たちの文化が戦争に対して如何に無力であり、単なるあだ花に過ぎなかったかを、私たちは身を以て体験し痛感した。西洋近代文化の摂取にとって、明治以後八十年の歳月は決して短かすぎたとは言えない。にもかかわらず、近代文化の伝統を確立し、自由な批判と柔軟な良識に富む文化層として自らを形成することに私たちは失敗して来た。そしてこれは、各層への文化の普及滲透を任務とする出版人の責任でもあった。

一九四五年以来、私たちは再び振出しに戻り、第一歩から踏み出すことを余儀なくされた。これは大きな不幸ではあるが、反面、これまでの混沌・未熟・歪曲の中にあった我が国の文化に秩序と確たる基礎を齎らすためには絶好の機会でもある。角川書店は、このような祖国の文化的危機にあたり、微力をも顧みず再建の礎石たるべき抱負と決意とをもって出発したが、ここに創立以来の念願を果すべく角川文庫を発刊する。これまで刊行されたあらゆる全集叢書文庫類の長所と短所とを検討し、古今東西の不朽の典籍を、良心的編集のもとに、廉価に、そして書架にふさわしい美本として、多くのひとびとに提供しようとする。しかし私たちは徒らに百科全書的な知識のジレッタントを作ることを目的とせず、あくまで祖国の文化に秩序と再建への道を示し、この文庫を角川書店の栄ある事業として、今後永久に継続発展せしめ、学芸と教養との殿堂として大成せんことを期したい。多くの読書子の愛情ある忠言と支持とによって、この希望と抱負とを完遂せしめられんことを願う。

一九四九年五月三日